KB128375

: 그의 직장 성공기

# Holic
## : 그의 직장 성공기 **3**

**초판 1쇄 인쇄일** 2015년 10월 23일 **l 초판 1쇄 발행일** 2015년 10월 27일

**지은이** 복면작가 **l 펴낸이** 곽중열 **l 담당편집 팀장** 이범수
**편집부** 신연제 이윤아 김호성 김은경

**펴낸곳** (주) 조은세상 **l 출판등록** 제 2002-23호
**주소** 경기도 연천군 미산면 청정로 1355
TEL 편집부 02)587-2966 l FAX 02)587-2922
e-mail bukdu@comics21c.co.kr

ⓒ복면작가 2015
ISBN 979-11-5832-297-7 l ISBN 979-11-5832-294-6(set) l 값 8,000원

# 홀릭

## : 그의 직장 성공기

 3

## HOLIC

복면작가 현대 판타지 장편소설

NEO MODERN FANTASY STORY & ADVENTURE

북두
(주)좋은세상

# CONTENTS

NEO MODERN FANTASY STORY & ADVENTURE

# 홀릭
## : 그의 직장 성공기

# 홀릭
## HOLIC : 그의 직장 성공기

### 51회. 스파이 찾기

대답은 하지 않았지만, 꾸바야의 눈동자를 보고 민호는 깨달았다.

그는 1초간 살짝 놀랐다가, 그다음에는 시선을 피했다.

자신이 정답을 말했다는 것을 완전히 신호해주고 있었다.

그렇다면 이렇게 붙잡아놓고 이야기해서는 답이 나오지 않을 수 없었다.

그리고 민호의 예상이 정확하다면 지금 이들은 매우 혼란스러울 수도 있었다.

L&S라는 한집안에서 두 가지 상반된 오더가 나온 상황이다.

하나는 평소보다 더 많은 물량을 제값 주고 사겠다는 것.

또 다른 하나는 민호의 추측이지만, 잠시 뒤로 미루어 달라는 요청이었을 것이다.

민호가 인도네시아에 오기 전에 소문 하나를 들은 적이 있었다.

본사에서 무역상사 하나를 더 준비한다는.

얼핏 듣기로 L&S 인터내셔널이라는 말과 신임 대표로 방용현 전무가 입에 오르내린다는 이야기가 퍼져 있었다.

만약 이게 사실이라면?

이제 민호의 머리에 시나리오 하나가 들어차기 시작했다.

본사에서 나중에 더 많은 양을 더 비싸게 사겠다는 말.

이런 상황이니 이들로서는 어떤 오더를 따라야 할지 고민할 수밖에 없었다.

이제 여기서 민호가 더 캐내 봐야 나오는 것은 없었다.

대신 최선을 다해서 좋게 헤어졌다.

"한국 상황이 안정되면, 꼭 다시 거래하고 싶습니다. 아시다시피 한국에서 가장 많은 팜유를 수입하는 회사가 바로 '우리 회사'니까요."

'우리 회사'를 특히 강조한 민호.

실제로 대한민국 무역상사 중 상반기에 L&S 상사가 가장 많은 팜유를 수입했다.

미국에서 날개 돋친 듯 팔리는 라면 때문이었다.

그게 사실이기에 꾸바야의 눈빛이 흔들릴 수밖에 없었다.

그리고 눈동자가 수없이 많이 흔들리는 것을 봐서 민호의 지금 말은 꽤 먹혔다는 것을 알 수 있었다.

급기야 그는 민호에게 이렇게 말을 했다.

"일단 하루만 더 기다려 주십시오. 저도 그 사항을 알기 때문에 설득하고 있습니다."

목소리에 간절함이 섞였다.

올해 가뭄으로 팜유의 생산량이 매우 저조했다.

원래 그럴 경우 값이 올라야 하는데, 세계 경기가 좋지 못했다.

특히 유럽발 그리스 사태가 문제였다. 중국의 주식 폭락도 또 다른 위기론에 무게를 주고 있었다.

"설득이요?"

"그렇습니다. 저는 사실 원래 거래했던 곳과 계속하자는 쪽인데, 윗선에서 입김이 들어왔습니다. 잠시 시간을 지연시키라는."

"……."

자신의 예상대로일 확률이 더 높아졌다.

아마 꾸바야가 윗선이라고 표현했지만, 그 역시도 짐작하고 있을 것이다.

윗선에 압력을 행사한 것은 본사라는 사실을.

어쨌든, 민호는 그 이야기를 듣고 곧바로 한국에 전화했다.

(야, 즐거운 시간 보내고 있어? 흐흐.)

"네?"

전화받자마자 재권의 목소리에 장난기가 넘쳤다.

민호가 무엇을 했는지 다 알고 있다는 말투.

그런데 실제로는 그 무엇을 했는지, 하지 않았는지 매우 애매모호한 상황이라서 민호는 쓴웃음을 짓고 바로 용건으로 들어갔다.

"형님, 이쪽에 본사의 압력이 들어온 거 같아요."

(그게 무슨 소리야?)

"본사에서 어떻게 알았는지, 긴다 그룹 측에 거래하지 말라고 했나 봐요."

(뭐? 그런 말도 안 되는 일이….)

말이 안 되는 일은 맞다.

분명히 라면을 위해서는 팜유가 필요할 텐데, 민호는 식품 계열사에서 어떻게 그것을 공급받을 생각인지 참 궁금했다.

"어쨌든 유미는 내일 돌려보내고 전 조금 더 있어야 할 것 같아요."

(알았어. 여기서는 그 일이 어떻게 새어나갔는지 알아볼게.)

그 이외에 민호는 재권에게 여러 가지 결정권을 달라고

말했다.

아무래도 계약까지 하고 가는 게 나을 거라고 말하면서.

민호의 모든 설명을 들은 후 재권의 승낙이 떨어졌다.

그리고 전화를 끊은 민호.

호텔에 돌아와서 유미에게 지금까지 진행된 이야기를 전달했다.

그런데 그녀도 오늘 놀고만 있었던 것은 아니다.

온종일 연락해서 가져온 희소식 하나.

생각보다 많은 팜 농장이 시장에 나온다고 했다.

"그래?"

"응. 이게… 이곳 농장도 쉽지가 않나 봐. 올해 가뭄이 들어서 생산량이 매우 적다고… 그래서 먹고살기 힘드니까 처분하는 사람들도 있는 것 같아. 다만 규모 자체가 매우 적어. 과연 인수해서 얼마나 많은 팜유를 얻을 수 있을지는 시뮬레이션과 데이터가 필요해. 지금 팜유를 생산할 수 있는 것도 아니고 말이야."

그 말에 작은 고갯짓으로 알아들었다는 표시를 하는 민호.

그리고 나서 유미에게 다음날 그녀가 혼자 귀국해야 한다는 것을 알렸다.

아쉬운 눈빛이었지만, 유미는 그에게 행운을 빌어주었다.

어쨌든 그녀가 가지고 온 소식에 살짝 고무되었는데, 직접 농장을 사는 것이 만만치 않다는 것을 아는 민호는 생각하고 또 생각했다.

그리고 나중에 회사가 더 안정되어서 자금 상황에 여유가 있다면 모를까, 지금은 당장 농장을 사들이는 것은 낭비에 불과하다는 결론을 도출했다.

또한, 팜유 가격의 상승 요인을 확신하고 있다 하더라도, 가정은 가정일 뿐이었다.

직접 경작은 매우 위험성이 크기 때문이다.

그래서 민호는 농장 인수 건을 단지,

"팜 농장을 알아보고 있습니다."

다음날 만난 꾸바야에게 이렇게 좋은 협상 카드로만 사용할 뿐이었다.

물론 그의 협상 카드가 다 먹히지는 않았다.

"휴우, 제가 해드릴 수 있는 범위는 원하시는 물량의 딱 절반입니다. 그 이상은 정말 어렵습니다."

꾸바야가 하는 말이 진심인지를 가만히 지켜보는 민호.

이게 그의 마지노선이라는 것을 알았다.

"좋습니다. 그럼 가격만이라도 절충해주십시오."

그 말에 꾸바야는 고개를 끄덕였다.

하나를 얻으려면, 다른 하나를 양보해야 하는 게 거래의 원칙이다.

모두 얻으려고 하다가는, 다 놓치게 될 수 있었다.

다만 민호는 욕심을 잘 숨기지 못한다.

"그리고 농장이요. 공동 투자형식이라도 하고 싶습니다."

"그건……!"

공동 투자형식이라고는 말을 했지만, 사실은 농장 운영에 대한 노하우를 얻어가겠다는 의미였다.

"더 솔직히 말하면, 위탁 경영을 부탁하고 싶습니다. 그러나 그게 쉽지 않은 일이라는 것을 압니다. 그러니까 지금 말고… 나중에라도 꼭 기회를 주십시오."

목소리와 눈빛에 진심을 담아 보냈다.

상대방을 설득하는 데 있어서 머리가 아닌 가슴으로 하는 방법.

눈을 똑바로 바라보라. 간절함을 상대가 느끼도록 해라.

얼마 안 되는 신입사원 기간에 신주호 차장에게 배운 것이었다.

그게 먹힌 것일까? 어쩌면 요즘 회사 사정이 안 좋아서 무조건 응낙해야 하는 상황일지도 몰랐다.

꾸바야는 미소를 지으며 고개를 흔들었다.

고개를 흔드는 의미는 거절을 뜻하는 게 아니었다.

"못 말리겠네요. 알겠습니다. 일단 나중에 기회가 생기면 연락드리겠습니다."

그 말을 듣고 민호의 얼굴에 웃음이 배어 나왔다.

이제 계약만 남았다.

원래는 이런 대규모 계약은 민호보다 더 높은 직급이 처리해야 하건만, 회사는 그를 믿었다.

그런데 인도네시아의 특성상 이게 시일이 계속 걸렸다.

언급했지만, 인도네시아에는 '고무줄 시간'이라는 게 있었고, 그게 계약에서도 적용되는 것 같았다.

문제는 유미가 떠나고 민호의 능력발휘 시간이 점점 가고 있다는 것.

30시간… 40시간… 50시간… 60시간.

이때쯤 민호는 어리둥절하기 시작했다.

생각보다 더 오래 그의 입에서 인도네시아 어가 붙었기 때문이다.

그리고 70시간이 흘렀는데도 여전한 그의 능력.

덕분에 계약을 성공적으로 끝마치게 되었다.

민호는 계약을 끝마쳐도 여전히 인도네시아어를 할 수 있다는 것을 깨닫고,

'혹시 그날 유미와….'

핑크빛 상상을 하게 되었다.

그런데 생각할수록 억울했다. 제정신이 아닌 상태에서 어디까지 갔는지 도저히 기억나지 않았기 때문이다.

나중에라도 유미에게 물어볼 수 있을까?

그는 고개를 좌우로 저었다. 그녀에게 이상한 질문을 했

다가는 애정 전선에 균열이 갈지도 모른다고 생각했다.

인도네시아를 떠나는 비행기에서 이번 출장의 성과를 조용히 머릿속으로 결산해보는 민호.

일단 성공한 것도 있고, 생각만큼 안 된 것도 있었다고 자평했다.

비록 원하는 물량을 다 확보하지는 못했지만, 미래에 대한 약속도 얻어갔으니 말이다.

그리고 또 하나 그가 얻어간 게 있었다.

그건 바로….

'창조영업부에 스파이가 있다.'

✢

천고마비의 계절이 다가오고 있다.

바람은 점점 시원해지고, 아쉽게도 여성들의 치마 길이가 다시 길어지기 시작한 이 시점에.

민호는 한국에 귀국했다.

밤에 귀국해서 그런지 유미가 마중 나왔다.

회사에서 바로 왔는지 하얀색 셔츠에 네이비블루 스커트를 입은 그녀의 모습은 언제 봐도 민호의 눈에 쏙 들어왔다.

"별일 없었어?"

"이곳은 괜찮았지. 오빠도 일 잘하고 왔어?"

간단히 안부를 묻는 인사를 하고 나서 집으로 돌아오는 길.

민호는 묻고 싶은 말을 간신히 참아내며 그녀를 아파트에 들여보냈다.

지금은 그게 먼저가 아니었다.

창조 영업부의 기밀 사항이 새어나가고 있다는 게 가장 큰 문제였다.

그래서 다음 날 회사에 출근했을 때, 민호와 재권은 심각한 얼굴로 유리 회의실 안에서 밀담을 나누었다.

결론은 박상민 사장에게 보고해야 한다는 것에 이르렀고.

잠시 후 박 사장은 당장 재권과 민호를 호출했다.

그들이 대표실에 들어오자 진지한 얼굴로 입을 여는 박 사장.

"어디서 새어나간 거야? 이러면 안재현의 발목을 잡는다는 작전은 무산된 거나 마찬가지잖아."

"……."

일단 재권을 바라보았지만, 얻을 수 있는 답은 없었다.

답답한 일이었다. 현재 드러나지는 않았지만, 안재현과 박상민 사이에서는 계열 분리에 대한 협상이 진행해 가는 중이다.

나름대로 평화적인 분위기였다.

다만 그 안에서는 누가 더 많은 것을 얻어낼지, 수 싸움을 진행하는 중이었다.

그 상황에서 팜유로 안재현의 목덜미를 쥘 수 있었다면, 얼마나 좋았겠는가?

그래서 시선을 다시 민호에게 던졌다.

자꾸 그에게 기대하게 된다.

불과 대리밖에 되지 않지만, 1년도 되기 전에 몇 차례나 회사에 큰 행운을 불러다 준 사람이라서 그런지 몰라도.

그래서 박 사장은 신뢰가 물씬 풍겨 나오는 눈으로 그에게 질문하기 시작했다.

"사내에서 팜유 구매 문제를 알고 있는 사람이 누구지?"

"창조영업부 전원입니다. 그리고 기획2팀 정유미 사원입니다."

유미의 이름까지 보고하는 게 꺼림칙했지만, 그렇다고 속일 수는 없었다.

"그럼 그 사람 중에서 새어나갔을 가능성이 높은 거잖아."

"그렇죠."

민호는 고개를 끄덕였다.

당장 머릿속에 생각나는 사람들을 다 떠올려보았다.

자신과 재권도 용의 선상에 두었다.

혹시나 실수로 누군가에게 흘리지 않았을까 해서.

하지만 회사 밖에서 아예 그 이야기를 꺼낸 적은 없었다.

"일단 안 부장과 같이 조사해보겠습니다."

"꼭 알아내야 해. 그렇지 않으면… 앞으로도 쉽지 않을 거야. 그리고…."

　"……."

　"내 개인적인 생각으로는 방용현 전무가 의심스러워. 방 전무의 사무실을 자주 들락거리는 사람이 그 일을 노출했었을 가능성도 높아."

# 홀릭

## HOLIC : 그의 직장 성공기

### 52회. 후계자의 타겟

사실 방 전무는 아예 드러난 스파이였다.

그래서 박 사장이 그를 범인으로 지목한 것은 매우 당연한 일.

문제는 누가 방 전무에게 팜유 구매 문제를 말했느냐는 것이다.

그리고 방 전무에게 말한 이가 누구인지를 밝히는 게 꽤 어려운 이유는, 의심할 사람이 없어서가 아니라 너무 많아서였다.

팜유 구매에 관련된 자료 수집 과정에서 방 전무의 사무실을 드나든 사람은 재권과 민호, 그리고 인턴사원을 빼고 거의 전부였다.

이유도 가지각색이었다.

"알잖아. 그때 이후로 계속 자기 라인에 줄 서라고 나를 불러대는 거."

신 차장의 말이었다.

"전 자꾸 심부름을 시키네요. 일부러 그런 거 같아요. 은근슬쩍 창조영업부에서 무슨 일이 일어나는지 물어보더라고요. 물론 아무 말도 안 했죠."

이건 아영이가 왜 물어보느냐는 식으로 민호를 보며 이야기해 준 거였고, 재권이 구 과장과 종섭을 불러 넌지시 물었을 때.

"저야… 뭐… 예전부터 방 전무님이랑 친분이 있었습니다. 그래도 제가 눈치 없는 사람 아닙니다. 솔직히 안 부장님이 실세 아닙니까? 언젠가 회사 나갈 사람에게 충성하는 일은 절대 없으니 걱정하지 마세요. 하하하. 아, 물론 창조영업부에서 일어난 일은 절대 말하지 않았습니다."

라고 구 과장이 말했다.

마지막으로 종섭은,

"그걸 꼭 이야기해야 합니까?"

라고 반문했다. 재권을 향해 도발적으로 눈을 크게 뜨면서.

종섭이 말을 안 한다고 해서 그를 범인으로 볼 수는 없었다.

아직 영서와의 관계가 끊어지지 않는 한, 그는 상사 편이다.

점점 미궁으로 빠지는 범인 찾기에 결국 두 손을 드는 재권.

"사실 '범인'이라는 말도 어울리지 않아. 실제 범인은 방 전무라고."

이번에는 민호도 고개를 끄덕일 수밖에 없었다.

물론 재권의 말에 다 동의한다는 것은 아니다.

"완전히 드러난 스파이가 있는데, 숨은 스파이가 있다 해도 찾기가 더 힘들겠네요. 그나저나 방 전무는 언제 그만둔다고 하던가요?"

"난들 알아? 어차피 그 사람도 자신이 회사에서 따돌림받고 있다는 걸 다 눈치채고 있다고. 나가는 건 시간문제인데, 큰 걸 들고 나가려고 기다리는 것 같아."

"이번 건이 큰 건데…."

민호는 이번 인도네시아 건을 스파이가 해낸 성공적인 일이라고 생각했다.

목표했던 양의 절반밖에 사지 못했다. 아마 나머지 반은 본사에서 수를 써서 습득했음이 분명하다.

만약 민호가 원하는 물량을 다 획득했다면, 이번에야말로 카운터 펀치가 되었을 텐데….

다행히 팜유의 가격은 꾸준히 오르고 있다는 점이다.

이렇게 표현하면 안 되겠지만, 운 좋게도 엘니뇨 현상도 극심해져 갔다.

아무리 유럽과 중국의 경기가 좋지 않다지만, 곡물 등이 부족하면 나라에서 구매하는 일 순위가 된다.

특히 팜유는 금세 이 영향권에 있는 작물 중 하나.

하루가 멀다고 팜유 가격이 뛰고 있으니 지난번 인도네시아에서 팜유를 사 놓은 결정은 최상의 선택으로 증명되었다.

이게 안재현의 발목을 잡는 일이었으면 더 좋았을 텐데, 아쉽게도 그는 이미 팜유의 물량 확보를 잘해낸 것 같았다.

나쁘게 말하면 스파이를 심어서 꼼수를 부린 것이고, 좋게 말하면 나름대로 후계자의 능력을 보여준 것이다.

그랬기에 민호는 승부욕이 불타오르고 있었다.

안재현의 코를 납작하게 해주고 있었다.

이를 위해서 가장 먼저 해야 할 일은.

스파이를 찾는 것이다.

❧

그날도 민호는 사람들을 주시하고 있었다.

스파이를 찾지 못하면 모든 일에 제동이 걸린다.

회사의 핵심 부서에서 마음대로 일을 추진할 수 없는 상황.

그것은 고스란히 회사에 피해로 돌아온다.

따라서 얼마나 빨리 스파이를 찾느냐가 관건이었다.

그런데 한 사람을 의심하면 한도 끝도 없이 의심스러웠고, 또 다른 관점으로 보면 그가 굳이 스파이를 할 이유도 찾기 힘들었다.

한 마디로 찾기 어렵다는 말이었다.

그래서 일단 인도네시아에서 생각했던 일을 추진하면서 스파이는 천천히 찾기로 마음먹은 민호.

그날 오후 기획 2팀에 찾아갔다.

정확히 말하면 유미를 찾아간 것이다.

자신의 뜻밖의 방문에 그녀는 눈을 동그랗게 뜨고 주변을 둘러보았다.

의식하고 있었다. 사실 아직까지 둘 사이를 만천하에 공개하지 않았기 때문이다.

그 모습이 속으로 우스웠지만, 민호는 일단 용건부터 말하면서 빨리 그녀의 불안감을 잠재워주었다.

"그때 국내 라면에 대해서 분석한 자료가 있다고 해서 받으러 왔습니다."

"아… 네. 제가 이메일로 보내드릴게요."

"그러지 말고 여기서 프린트 아웃해 주세요. 직접 가지고 가겠습니다."

이제야 민호가 사무적인 용건으로 찾아왔다는 것을 알고 나서,

처음에 살짝 당황하더니, 곧바로 잘 대응하는 유미였다.

나름대로 공사분별을 철저히 하고 있다고 보여주는 민호와 유미의 대화.

반말은 절제하고 비즈니스의 냄새로 대화가 포장이 되어 있었다.

하지만 옆에서 보고 있는 지민은 살짝 혀를 찼다.

"쯧쯧쯧…."

그러면서 고개까지 좌우로 저었다.

마지막으로 유미가 그녀의 혀 차는 모습을 보고 살짝 째려보자, 위장된 모습이 가증스럽다는 듯이 혀를 길게 내밀었다.

'사람들 다 알고 있는데, 도대체 뭐 하는 거야?' 라는 눈빛을 가득 내뿜으면서.

옆에 있는 영서도 마찬가지였다.

물론 그녀는 지민이처럼 장난을 치지는 않았지만, 살짝 미소를 지으며 유미에게 표시했다.

이미 다 알고 있다고.

그렇다. 사실 회사에서 이 두 명이 연인이라는 것은 이제 공공연히 퍼져있는 상태였다.

그래서 지금의 두 연인의 모습이 우습기만 하다는 것을 두 사람이 표정으로 보여주는 것이다.

민호는 지민의 그 표정을 보았지만, 모른 체하며 프린트 아웃한 자료를 들었다.

갑자기 예전에 지민이의 침대에서 잠잤던 것이 떠오르며

얼른 고개를 돌린 것이다.

그때 또 다른 사람이 사무실로 들어왔다.

기획2팀의 윤명환 과장이었다.

그는 민호를 발견하고 눈빛을 빛내며 웃었다.

"어? 김민호 대리가 기획팀에는 무슨 일로 오셨나?"

늘 밝은 그의 얼굴을 짓는 윤명환 과장은 민호와는 몇 차례 안면이 있었다.

여기서 말하는 안면이란, 회사 내에서 오가다가 만난 얼굴이 아니라는 뜻이다.

밖에서 몇 차례 만났다.

그가 신주호 차장과 돈독한 사이라 몇 차례 술자리를 했었던 것이다.

그래서 민호도 밝게 웃으며 이렇게 대답했다.

"아, 예. 자료 좀 받으러 왔습니다. 기획안을 하나 연구하고 있는 게 있어서요."

"기획안? 그게 뭔데?"

"그건 지금 알려드릴 수 없습니다. 죄송합니다."

"아냐, 아냐. 괜찮아."

정중히 고개를 숙이며 미안함을 표시하는 민호에게 손사래를 짓는 윤명환 과장.

그 역시 민호가 떠오르는 실세임을 잘 알고 있었다.

그가 비밀로 유지하려 한다는 것을 일부러 캐묻지 않겠다는 표시를 내보였다.

그런데 대화가 끝났을 때쯤, 지민이가 윤명환 과장에게 말을 건넸다.

"과장님, 아까 방 전무님이 건너오시라고…."

"아, 그래?"

"네. 전화했는데 안 받으셔서…."

"아, 오늘 집에다가 폰을 놓고 와서 말이야. 일단 알았어."

갑자기 민호는 눈을 번뜩였다.

지민이의 입에서 방 전무라는 이야기가 나오자 민호는 귀를 쫑긋 세우고 촉각을 곤두세운 것이다.

그러면서 윤명환 과장을 주시해서 보았다.

하지만 윤 과장이 태연하게 사무실을 나가는 것을 보며 고개를 갸웃거릴 수밖에 없었다.

전혀 스파이로 보이지 않았기에.

윤 과장을 주시하는 모습이 이상했는지 사무실을 나오자 유미가 따라붙으며 민호에게 물었다.

"왜 그래?"

"응? 뭐가?"

"방금… 윤 과장님을 의심스러운 눈초리로 쳐다봤잖아."

"……."

정말 의심의 눈빛으로 쳐다보았던 것 같았다.

유미까지 알아챌 정도니 말이다.

결국, 모든 것을 털어놓는 민호. 사실 윤 과장의 동태를 파악하기 위해서라도 유미에게 이야기하는 게 좋았다.

"너도 알다시피 인도네시아에서 팜유 구매 문제가 있었잖아. 물증은 없지만, 분명히 본사에서 긴다 그룹에 입김을 넣었던 일."

"그랬지. 오빠 그때 고생 많았잖아."

"그게 새어나간 것 같아. 미리 팜유를 구해야 한다는 것은 극비 중의 극비였거든. 창조영업부와 너밖에 몰라. 그런데 방 전무가 사내 스파이인 것은 확실하고… 그와 많이 접촉한 사람이 혹시나 말실수로…."

이야기하다 보니 자신이 유미를 범인으로 보고 있다는 걸 깨달은 민호였다.

윤 과장이 팜유에 대해서 안다는 것은 창조영업부가 아니라 그녀의 입에서 나왔을 가능성도 컸기 때문이다.

아니나 다를까, 그녀의 표정이 변하기 시작했다.

그래서 재빨리 둘러댔다.

"아, 윤 과장님이 신 차장님과 친하시잖아. 혹시나 신 차장님이 술김에 실수로…."

"난 거 같아."

"……!"

그때 빨개진 유미의 입에서 나오는 음성.

살짝 떨리는 것 같았다.

"그게 무슨 소리야?"

"범인은 나였다고. 내가 윤 과장님께 팜유 구매에 대한 보고서를 올린 적이 있거든."

"어… 언제?"

민호의 눈빛도 떨렸다. 설마 회사 중대사를 망쳐 놓은 게 유미일 리 없다고 마음속으로 부정하고 있었는데….

"한참 전에. 그때 오빠한테 말했잖아. 팜유 가격 변동이 심해서 미리 비축해 놓는 게 나을 거 같다고."

그 말을 듣고 민호의 눈이 커졌다.

기억한다. 당연히 기억할 수밖에 없었다.

그녀의 힌트로 인해 팜유 대량 구매라는 아이디어가 떠올랐었으니까.

즉, 기획안의 직접적인 원인이 된 게 바로 그녀가 팜유를 언급했기 때문이다.

그래서 더더욱 유미의 잘못이 아니었다.

당시에는 그걸 보안요소로 막아 놓지 않았기에, 그녀의 고의적인 잘못이라고 볼 수 없었다.

그녀를 다독이고 이 허탈한 소식을 재권에게 전하러 가는 민호의 발걸음이 참 무거웠다.

스파이를 찾았지만, 그게 유미였다는 사실을 알려야 했기 때문이다.

그리고 잠시 후.

재권의 얼굴에서도 자신과 같은 표정을 발견한 민호.

"이…걸 사장님한테 어떻게 말씀드리지?"

"……."

유구무언. 입이 뚫렸어도 말은 하지 못하는 민호였다.

안재현의 목덜미를 잡지 못해 아쉬워했던 박상민 사장의 얼굴이 갑자기 떠올랐다.

하지만 계속 위축될 민호가 아니었다.

"제가 하나 연구하고 있는 게 있습니다. 지금은 아니고 나중에 프리미어 마트가 개장할 때 터트릴 건데…."

"응? 뭔데?"

"라면이요."

"라면?"

"네. 라면을 자체적으로 생산해내는 건 어떻습니까?"

민호의 말에 재권은 의문의 눈초리를 보였다.

더 설명해달라는 이야기다.

그래서 민호가 다시 입을 열면서 아까 유미에게 받은 자료를 그에게 건넸다.

"이건 사실 유미가 처음부터 끝까지 연구한 자료인데, 트렌드를 완전히 분석했습니다. 사실 이 데이터를 바탕으로 현재 미국에서 돌풍을 일으키고 있는 식품 계열사 라면이 탄생한 거죠."

# HOLIC : 그의 직장 성공기

## 53회. 뜻밖의 제안

이건 몰랐던 사실이다.

그래서 놀란 눈으로 민호에게 묻는 재권.

"그래? 그게 사실이야?"

"그렇습니다."

은근히 유미의 실수를 상쇄해주려고 애를 쓰는 민호였다.

다행히 재권이 그의 말에 맞장구를 쳐주었다.

"역시… 사실 팜유도 정유미 씨 아이디어였다면서? 그리고 보고서를 윤명환 과장에게 제출했는데, 위까지 올라가지 않았다는 것은 오히려 보고 체계에 문제가 있는데? 혹시 그 서류가 방 전무한테 간 거 아니야? 아랫사람이 정당

하게 보고 했는데, 사장님까지 기획안이 가지 못했다는 것
은 문제가 많네."

"그렇다고 윤 과장에게만 책임을 물 수는 없습니다. 그
때 노출되었다면, 지금처럼 목표한 절반의 팜유도 구매하
기 힘들었을 테니까요. 아마 제가 인도네시아를 간다고 했
을 때, 방 전무 측에서 예전 보고서를 떠올리고 안재현에게
흘러 넣은 것 같습니다."

민호는 자신의 말에 고개를 끄덕여주는 재권이 고마웠
다.

이렇게 몇 차례의 대화로 가볍게 유미의 실수 아닌 실수
를 덮는 두 사람.

결국, 이 일은 박 사장에게 보고하지 않기로 암묵적 합의
를 보았다.

만약 보고하면 유미가 아니라 기획 2팀의 윤 과장과 그
윗선이 책임을 지는 모양새가 되어, 회사가 뒤집어질 거라
는 우려 아닌 우려를 하면서.

❖

한편, L&S 그룹의 후계자는 안재현으로 완전히 좁혀지
는 모양새였다.

그에 대항하는 안판석 회장의 장녀도, 그리고 차남도 점
점 꼬리를 내리는 것 같았다.

그런데 막상 그 후계자는 심기가 불편했다.

요즘 L&S 상사에서 계속 들려오는 소식이 재미가 없었다.

재미가 없을 뿐만 아니라 짜증도 났다.

예상보다 더 잘 막아내고 있었다.

결국, 그의 비서 신지석을 시켜 원인분석에 나선 재현.

돈의 힘은 위대했고, 며칠 걸리지 않아서 신지석은 사진과 함께 자료를 가지고 왔다.

사진 속의 인물은 당연히 민호였다.

"현재 L&S 상사의 많은 부분이 김민호 대리의 머리에서 나온 것으로 파악됩니다."

"김민호라…."

"그렇습니다. 자료를 보시면 알겠지만…."

비서는 말을 멈출 수밖에 없었다.

재현이 잠시 손가락을 입에다 댔기 때문이다.

조용히 하라는 뜻이었다. 다시 말하면, 자료를 읽는데 방해하지 말라는 의미.

성질이 지랄 맞아서 이럴 때는 바로 따라줘야 했다.

잠시 후…

"아버지가 인정했다고?"

"네, 그렇습니다. 저번에 한 번 김민호를 보고 나서 몇 번 말씀하셨답니다. 이제 재권이 옆에 민호가 있어서 안심

된다고….”

비서는 또 한 번 말을 하다가 멈추었다.

이번에는 재현이 손가락을 입술로 가져가지도 않았다.

하지만 그의 밑에서 눈칫밥 5년이다.

눈빛만 봐도 알 수 있었다. 이 시점에서 멈춰야 한다는 것을.

강한 적의. 재현의 눈에서 그게 떠올랐다.

아마도 재권에 대한 분노일 것이다.

더 정확히는 그의 생모를 슬프게 만든 재권의 어머니에 대한 증오.

그러다가 또 눈빛이 바뀌었다.

이번에는 의미가 달랐다.

강한 욕심이었다.

비서는 이번에도 짐작할 수 있었다.

인재욕심이 엄청난 재현이 드디어 민호를 수집하고 싶어 한다는 것을.

그래서 그의 입에서 이런 말이 나올 줄 이미 예측할 수 있었다.

“동선 파악해.”

“네, 알겠습니다.”

속으로 흡족해하는 비서.

씩씩하게 대답하며 고개를 숙였다.

그런데 재현의 다음 말을 듣고 눈칫밥을 더 먹어야 한다고 생각했다.

"내가 직접 만날 거야. 그러니 만나기 가장 좋은 때와 장소를 알아 와."

안재현의 비서 신지석은 안재현의 말을 듣고 뜻밖이라고 생각했다.

계열사의 일개 대리를 직접 만난다니?

그 이야기는 안재현이 김민호를 꽤 높이 평가한다는 뜻이었다.

그것도 신지석의 예상보다 더 높게.

아무튼, 다시 그의 발걸음이 바빠졌다.

김민호의 동선을 파악하기 위해서 비선 라인을 동원해야 했다.

그나마 민호를 주시하고 있었기에 대충 그의 행동반경은 예측할 수 있었다.

그래서 스마트폰을 들고 '누군가'에게 전화했다.

"오늘 김민호의 일정을 좀 알려주십시오."

잠시 후 그의 목소리가 들리면서, 민호의 스케줄이 신지석의 머리로 들어갔다.

전화를 받는 상대는 민호의 일정을 꿰고 있는 사람 같았다.

그런데 계속 듣고 보니 상당히 바쁜 민호였다.

일개 대리가 소화할 스케줄이 아닌 것으로 보였다.

실제로 민호는 최근 상당히 바빠졌다.

프리미어 마트가 언론에 발표된 이후부터 지금까지 몸이 두 개라도 모자랄 지경이었다.

그동안 새로운 기획안을 계속 생각해냈고, 그중 몇 개는 직접 자신의 몸으로 소화해 냈다.

인도네시아 출장으로 팜유를 대량 구매한 게 대표적인 일이다.

실로 어마어마한 양이었다.

애초에 구매하기로 했던 양 자체가 덩어리가 컸지만, 이 정도를 창고에 비축해 둔다면, 몇 년은 사용할 수 있을 것 같았다.

그것도 사용한다면 그렇게 되다는 말이다.

민호는 그 팜유를 사용하지 않기를 제안했기에, 당분간 은 창고에서 오랫동안 묵혀 있을 게 분명하리라 생각한 사람들.

솔직히 박상민 사장과 재권은 약간 불안해했다.

팜유가 부동산도 아니고, 이렇게 묵혀두는 것은 가뜩이 나 자금이 부족한 상황에서 현명한 결정이 아닐지도 모른 다는 생각에.

거기다가 팜유의 가격이 만약 내려간다면, 헛된 투자가 될 수도 있었다.

그러나 팜유의 가격은 내려가지 않았다. 오히려 점진적으로 상승하며 이들의 얼굴에 기쁨을 선사했다.

민호의 선견지명을 더 돋보이게 한 것은 물론이다.

따라서 민호에 대한 신뢰가 더 커진 한편, 더 바빠진 것도 당연하다.

눈코 뜰 새 없다는 말이 실감이 날 정도로.

또 한 가지 이유는 안재현의 압박이 점점 심해져 갔기 때문에.

그 역시 이쪽의 계획, 즉, 자생을 위해 준비한다는 것쯤은 잘 알고 있었다.

보는 눈과 듣는 귀가 있을 뿐만 아니라, 방 전무라는 훌륭한 첩자까지 회사에 포진시켰으니 모를 리가 없었다.

다만 급하게 압박하지 못하는 이유는 아직 아버지의 눈치를 봐야 하기 때문이다.

그래도 뭔가 은밀히 추진하는 것만 같았다.

그 공기가 심상치 않아, 재권은 민호와 함께 머리를 맞대고 예측하는 중이었다.

"제 생각에는 무역회사를 몰래 만들 계획인 거 같습니다."

"그건 나도 예상할 수 있어. 그런데 그게 전부일까?"

"그게 전부라니요? 그거 말고 생각지도 못한 게 나타나면 골치 아픕니다."

"내가 형을 잘 아는데… 이 정도로 넘어가지는 않아. 분명히 뭔가 더 있을 것만 같아."

민호는 재권의 표정에 두려움이 섞인다는 걸 깨달았다.

머리로는 이해했지만, 가슴으로는 와 닿지 않았다. 그가 안재현을 상대로 더 당당했으면 좋겠다.

"그럼 직접 물어보십시오?"

"응?"

"전화해서 직접 물어보시면 되지 않습니까? 떠보는 거죠. 뭐 준비하느냐고?"

"……."

절대 할 수 없는 일을 요구하는 민호.

재권은 아무 말 하지 않고 잠시 그의 얼굴만 바라보고 있었다.

역시 무리였다. 아직 그가 형을 극복한다는 것은.

그래서 고개를 좌우로 저으면서 민호가 말했다.

"농담입니다. 그냥 한 번 해본 소리였어요."

"그… 그래. 난 먼저 퇴근할게. 오랜만에 아버지 좀 뵈러 가려고."

그런데 다행인지 불행인지 안재현의 계획을 다 알아버리는 일이 그에게 다가왔다.

그날도 퇴근이 늦었다. 10시쯤 돼서 나가는데 주차장에서 누군가가 다가왔다.

"김민호 씨?"

"그런데요?"

사무적인 말투에 더 까칠한 말투로 대답한 민호.

야밤에 주차장에서 자신을 기다린다는 것은 당당한 용건은 아니라고 생각했다.

"잠시 만나 뵙고 드릴 말씀이 있는데요?"

"누구시죠? 그것 먼저 밝히십시오."

"제가 아니라 다른 분이 만나뵙기를 원하셔서요."

"누군지 알아야 갑니다. 그냥은 안 가요. 그럼."

그때 옆에 있는 고급 차의 창문이 열리면서 누군가의 목소리가 들렸다.

"잠시 이야기 좀 나누지?"

익숙하지는 않은 목소리였지만, 그렇다고 처음 듣는 음성도 아니었다.

무엇보다도 자세히 살펴보니 누군지 잘 알 수 있었다.

안재현 부회장이다.

민호는 잠시 고개를 숙여서 인사할지 고민했다.

별로 정이 가지 않는 사람이었기 때문이다.

그러나 결국은 잠시 고개를 숙이는 걸 선택했다.

"안녕하십니까?"

"그래. 잠시 타라. 할 이야기가 있어."

이 또한 거절하지 않았다.

민호 역시 알아보고 싶은 게 있었기 때문이다.

그래서 타자마자 그의 이야기를 기다리지도 않고 물었다.

물론 처음에는 인사치레였다.

"차 좋군요. 저도 돈 많이 벌면 이런 차를 탈 수 있을까요?"

안재현의 입꼬리가 말려 올라갔다.

오늘 그는 민호를 상사에서 빼내려고 왔다.

인재를 보면 늘 곁에 두어야 한다는 생각에 찾아왔고, 한 번 찍으면 사람이든 물건이든 반드시 수중에 두었던 재현이다.

그리고 반드시 민호를 자신의 밑에 두어야 하는 이유가 또 하나 있었다.

자신의 막냇동생이자, 그 '첩의 자식놈' 근처에서 민호를 분리하고 싶었다.

그런데 이제야 대충 민호의 스타일이 파악되었다.

절대 끌려다니지 않을 타입이다.

그래서 더 파격적인 조건을 제시해야겠다고 생각했다.

"부장이다. 본사 부장으로 오면 이 차와 똑같은 것을 바로 내주겠다."

HOLIC : 그의 직장 성공기

54회. 너희 회사

민호는 앞에 있는 거울을 보았다.

그 거울에서 안재현의 얼굴이 정면으로 비쳤다.

찢어진 눈에 자신만만한 얼굴이 지난번 봤던 안판석 회장과 흡사했다.

늙으면 아마도 그의 아버지를 닮지 않을까?

그러고 보니 재권은 그의 아버지와 큰 형을 닮지 않은 것 같았다.

동글동글한 인상인데, 혹시 성격에 따라 외모가 변하는 것은 아닌지.

어쨌든, 안재현의 자신만만한 얼굴은 이렇게 말해주고 있었다.

이 정도라면 덥석 받아들일 것이다.

지금 민호가 가만히 있는 것은 약간의 고민을 하는 거로 생각할지도 모른다. 조금 남아 있는 의리를 지키려고.

물론 남자라면….

욕심이 왜 없겠는가. 야망을 불태울만한 곳이 지금 있는 곳보다 더 큰 무대이기를 바라는 것.

누구라도 같은 마음일 것이다.

더구나 고급 자동차와 함께 본사 부장을 제안했다.

야망이 있는 사람에게 흔들릴 수 있는 그 제안.

그래서 재현의 말을 듣고 민호의 표정이 살짝 변했다.

"본사 부장에… 고급 차라…."

그렇게 혼잣말처럼 중얼거리더니, 곧이어 민호의 입꼬리가 말려 올라갔다.

자신도 모르게 재현의 표정과 비슷해졌다.

"좋네요. 정말."

승낙의 표현인 줄 알고 재현도 마찬가지로 입꼬리를 말아 올리면서 웃었다.

그럼 그렇지. 네깟 것들은 조금만 안겨주면 밑으로 들어오게 되어 있어.

마치 그 말이 표정에서 살아 숨 쉬는 것 같았다.

"그런데…."

바로 이 '그런데' 라는 말을 듣기 전까지는 그랬다.

그래서 굳은 표정이 된 재현. 이제 슬슬 고개가 돌아가면서 민호의 표정을 살필 수밖에 없었다.

민호가 절대 끌려다니지 않는 타입인 게 또 한 번 드러나는 순간이다.

사실 민호는 안재현 부회장을 처음 보자마자 예상했다.

그가 자신을 찾아온 이유가 무엇인지.

자신을 이 회사에서 빼내려고 왔다는 것은 조금만 생각해봐도 알 수 있었으니까.

그러나 본사 부장이라는 직함은 어마어마한 것이라서 놀랄 수밖에 없었다.

그래도 놀란 것뿐이지 거절하는 데에는 추호의 망설임도 없었다.

다만 마음속에서다. 그걸 굳이 드러낼 필요는 없다고 생각하며, 이제 알고 싶은 것을 묻기 시작했다.

"저 말고 또 누구에게 제안하셨습니까? 이종섭 과장은 뭐… 사장 따님하고 교제하니 힘들겠고, 구 과장? 신 차장님? 나 이사님?"

"네가 제일 먼저다. 아직은… 하지만 실패하면! 지금 네가 언급한 모든 사람에게 제안할 거다. 결국, 내 뜻을 따르지 않으면 이곳은 무너지게 되어있어. 고작 3천억으로 몇 개월을 버틸 것 같나?"

순순히 대답해주었다. 이것은 그가 바보라기보다는 넘치는 자신감을 표현한 것이다.

물론 그의 말을 전적으로 믿기 힘들지만, 민호는 고개를 끄덕였다.

어쨌든, 이제야 확실히 그의 의도를 파악했다.

무역회사를 은밀히 차리는 것과 동시에 상사에서 사람을 빼갈 게 두 눈에 선했다.

지난번 집단 사표와는 또 다른 형태의 접근이었다.

그때는 일종의 부분적 압박이었지만, 지금은 전면전을 선포하는 것과 같았다.

이제 아버지의 눈치를 보지 않겠다는 뜻인가?

"고작 3천억으로 몇 개월을 버티기 힘들겠죠. 하지만 매달 상사가 가만히 월급만 주고 앉아있겠습니까? 어디서 돈 벌어올 테니, 미리 걱정은 조금 덜 하시는 게 좋을 듯합니다."

"누가 벌어오는데? 아까도 말했지만, 웬만한 사람들은 다 빼낼 거야."

"그럼 그렇게 해보시던가요. 그리고…."

도발적이었다. 그러나 목소리의 높낮이는 전혀 없었다.

대신 민호는 머릿속으로 현재 일어나고 있는 상황에 대해서 계산하는 중이었다.

지금쯤 다른 사람들도 누군가를 만나고 있을지 모른다.

안재현이라면 당연히 그럴 수 있다고 생각했다.

딸깍.

그래서 재빨리 문을 열고 나가면서 하는 말.

"돈을 벌어올 사람 중 최고는 접니다. 누구를 빼내 가더라도 아마 회사에 제가 남아있다면… 망할 일은 없을 겁니다."

이제 일그러지는 안재현의 얼굴.

보지 않아도 알 수 있었다.

그리고 굳이 볼 필요는 없었다.

"더 하실 말씀 없으시면 일어나겠습니다."

그때 이대로 보내기에는 아쉽다는 느낌을 받았을까?

자신의 등 뒤에서 그의 목소리가 들려왔다.

"내 제안은 언제라도 유효해. 설사 너희 회사가 망해도… 널 받아줄 테니, 다른 곳은 생각하지 마라."

"그렇게까지 생각해주셔서 감사합니다. 그때 가서 한 번 생각해보겠습니다."

나가면서 듣는 재현의 말은 진심인 것 같았다.

그렇다고 고맙다는 생각은 들지 않는 민호.

'너희 회사라….'

이미 L&S 상사를 그룹의 계열사로 인정하지 않는다는 말투였다.

어쨌든, 급한 것은 그게 아니다.

나중에 생각하고 계산할 것은 뒤로 미루고, 지금은 다른 사람에게 전화를 돌리는 일이 우선이었다.

텅!

문소리가 세게 닫혔다. 고급 차니까 이쯤은 버텨주리라 생각하며 웃는 민호.

거기다가 차에서 내리자마자 재현의 눈치도 보지 않고 거침없이 스마트폰을 꺼냈다.

일단 윗선 중에 조 상무와 송 이사, 그리고 나 이사는 절대 박상민 사장을 배신할 리가 없다고 생각했다.

그리고 아무리 자신이 대찬 이미지라도, 그들에게 무턱대고 전화해서 누군가를 만나지 말라고 할 수도 없었다.

차라리 부장 아랫선에서 그가 아는 사람에게 연락하는 게 우선이라 선택한 사람.

신 차장이다. 그는 지난번 방 전무에게 제안을 받고도 의리를 지킨 사람.

잠시 후 신호음이 가고 신 차장이 전화를 받자 민호가 급하게 물었다.

"여보세요, 신 차장님?"

(응, 민호야. 왜?)

신 차장도 회사를 배신하지 않을 사람이었다.

민호가 우려하는 것은 누군가를 만나서 혹시나 무언가를 털어놓을지도 모른다는 우려.

"어디세요?"

(집이지. 왜? 술 한잔 할까?)

"… 아닙니다. 혹시 누가 만나자고 하거든, 특히 본사에서… 그러면 만나지 마시라고 연락드렸습니다. 자세한 사항은 내일 말씀 드리겠습니다."

(그게 무슨 소리야?)

민호는 눈에 갸우뚱하며 전화를 받는 신 차장의 얼굴이 보이는 듯했다.

그때 재현의 고급 차가 민호를 스쳐 지나갔다.

그리고 보았다. 재현이 웃고 있는 표정을.

순간적으로 머릿속에 수만 가지 생각이 떠올랐다.

유미의 보고서. 그것을 알고 있는 윤 과장. 그리고 방 전무.

어쩌면 그 모든 예측이 지레짐작일 수도 있었다.

방 전무 말고 진짜 스파이가 있다는 예감!

일단 질 수 없는 기분에 씨이익… 마주 웃어주었지만, 계속 신 차장에게 말을 잇는 민호.

"그리고 친분 있는 분들께 연락 좀 해주실 수 있나요? 윤 과장님은 제가 한 번 전화해 볼 테니까, 다른 분들께는 차장님께서 좀 해주셨으면 좋겠어요. 조금 전 제가 한 말을 그대로 전달해주세요. 부탁합니다. 지금은 오래 통화 못 하고… 내일 자세히 알려드릴게요."

(…그… 그래, 알았어.)

민호는 수화기 종료버튼을 눌렀다.

그리고 전화 한 곳이 바로 윤명환 과장이었다.

"여보세요?"

(어? 김민호 대리가 웬일로?)

윤 과장이 의문을 표시했지만, 기다릴 여유는 없었다. 그와 통화하고 나서 마음속에 떠오르는 또 다른 사람과 통화해야 했기에.

민호는 지난번 팜유 보고서를 기억하느냐고 윤 과장에게 물었다.

(아아, 그거. 내가 봤을 땐, 현실 가능성이 없어서 내 선에서 차단했어. 그런데 왜?)

"그럼 혹시 방 전무님께 그 이야기를 하신 적이 있나요?"

(아니, 그런 일 없었는데….)

그 순간 민호의 머리에 벼락이 쳤다.

이제 확실하다. 창조 영업부 내에 분명히 스파이가 존재한다는 게.

그래서 윤 과장과 전화를 끊고 의심 가는 첫 번째 용의자의 전화번호를 눌렀다.

(김 대리? 김 대리가 어쩐 일이지? 하하하. 나에게 전화를 하고….)

구 과장이었다. 왠지 모르게 그의 목소리를 들으면 얼굴에 있는 왕점이 생각났다.

"아, 저 지금 퇴근하는 길이거든요. 혹시… 시간 있으시면, 술 한잔 하실래요?"

(술? 정말? 나야 좋지. 이거… 난 김 대리가 날 싫어하는

줄 알았는데, 아니구먼. 하하하. 어디야? 회사야? 내가 갈
게. 오늘 내가 쏘지.)

어쩌면 가장 유력할지도 모르는 구 과장.

전에 그가 방 전무의 사무실에 몇 번 갔다는 이야기가 들
렸기에 한 전화였는데….

"네, 그럼 기다리겠습니다."

오늘은 어쩔 수 없이 계획되지 않은 술자리를 구 과장과
할 수밖에 없었다.

아무런 성과 없는 술자리도 싫지만, 더 싫은 것은 그 술
자리의 대상이 구 과장이라는 점이었다.

그런데 성과가 아예 없는 것은 아니었다.

"네? 그게 무슨 말씀이십니까?"

"이종섭 과장 말이야. 자네는 잘 모르겠지만, 사실 사장
딸과 교제하고 있었어. 그런데 헤어질 것 같아…."

"그걸 어떻게 아셨습니까?"

"어제 술 한잔 했거든. 요즘 힘들다면서 나에게 털어놨
지."

민호의 눈이 동그래졌다. 이건 변수일 수도 있었다. 물
론 전적으로 구 과장의 말을 신뢰할 수는 없지만, 그게
사실이라면 종섭은 재현의 타겟이 충분히 될 수가 있었
다.

"어쨌든 자네랑 이렇게 처음으로 술 마시니 기분 좋아.
나 말이야… 기회주의자라고 사람들이 부르는 거 다 알아.

그런데 이게 직장 생활이야. 신념이 없다고들 하는데, 나에게는 그게 신념이야. 그러니까 잘 좀 봐줘."

"네? 제가 무슨 힘이 있다고."

"에이, 알면서. 나중에 응? 높은 분들한테 잘 좀 말해줘. 알았지?"

쪼르르륵.

그 말을 하면서 민호의 술잔을 채워주는 구 과장.

그는 잘 알고 있다. 이제 회사에서 민호의 줄이 가장 튼튼하다는 것을.

그래서 재빨리 붙었다. 아마도 오늘 민호와 술 한잔 한 게 자신에게는 정말 큰 기회라고 여기고 있을 것이다.

그렇게 구 과장과 술 먹은 다음 날….

민호는 많이 힘들어했다.

그는 말술이었다.

민호는 아침에 속이 아파, 그와 술을 먹은 걸 후회했다.

그래도 숙취에 가장 좋은 약은 유미였다.

요즘은 그녀를 태우러 꼬박꼬박 잠실로 가는 민호.

물론 그런 그를 보며 유미는 살짝 잔소리를 한다.

"어제 술 많이 마셨어? 완전히 혀가 꼬였던데."

"응. 어쩌다 보니 그렇게 됐어. 하하."

"그리고 지하철 타도되는데, 왜 자꾸 차로 와?"

"회사에서 유류비 나오는데 뭐. 그리고 지하철 타기 너무 싫어."

이 부분에서 유미는 고개를 끄덕일 수밖에 없었다.

늘 그와 타는 지하철은 지옥철이었다. 점점 더 심해졌다. 특히나 은근히 그의 옆에서 몸을 부비부비하는 여자들은 유미의 눈살을 찌푸리게 했다.

더군다나 사람은 한 번 편해지고 나면 불편함으로 가기 힘든 존재.

잔소리한 이유는 민호에게 좀 더 아끼자고 한 뜻이었다.

마지막으로….

척!

늘 민호는 자신에게 손을 내민다.

기어를 D로 넣고 나서 한 손으로 운전하고 나머지 한 손은 자신의 손을 잡고 싶다는 그.

그래서 민호의 오른손에 다가가는 그녀의 왼손이다.

두근두근.

그녀의 심장이 뛰고 있었다.

# 홀리

HOLIC : 그의 직장 성공기

## 55회. 어떤 관계

더블에스 병원 특실은 오늘 많이 부산했다.

오전부터 종로 큰 손 허 씨는 퇴원 절차를 밟고 있었기에.

그의 캬랑캬랑한 목소리는 비서들과 앞에 있는 덩치들을 마구 부리고 있었다.

"빨리빨리 못 움직여? 퇴원 수속하는 게 뭐 이렇게 오래 걸려?"

"네, 네, 회장님!"

진땀을 흘리는 사람들.

그러나 종로 큰 손은 그들의 사정을 봐주기 싫다는 말투였다.

돈 들여서 부리는 사람들은 그 값을 해야 한다고 생각하는 것일까?

사실은 아니다. 많은 사람이 오해하고 있는데, 그의 지시로 움직이는 이우혁 비서와 덩치들은 진심으로 그를 존경하는 눈빛이었다.

그럴 수밖에 없었다.

종로 큰 손은 겉과는 달리 그들의 가족 모두를 책임지고 있었다.

일종의 대가족이라는 마음으로 그들을 항상 대하니, 그들 역시 종로 큰 손이 가족 이상으로 될 수밖에 없었다.

그리고….

종로 큰 손의 진짜 가족인 허유정.

잠시 후 모든 퇴원 수속이 끝나고 그녀가 종로 큰 손을 차에 태웠다.

"조금 더 계시지…."

아쉬운 마음에 유정은 그녀의 아버지를 보고 말했지만,

"어차피 병원에서 못 고칠 병이야…."

라고 말하며 종로 큰 손은 편안히 뒤에 기댔다.

병원에서 못 고칠 병이라고 말하는 종로 큰 손.

몸을 움직이는 데 크게 불편함도 없으니, 괜히 병원비가 아깝다고 생각했다.

그래서 이렇게 한 번 더 고집을 부려봤다.

"그냥 이럴 바에는 차라리 요양원에서 다른 영감탱이들과 있는 게 더 나을 것 같아…."

"됐어요. 그런 말 마세요. 그냥 제가 모실게요."

"싫어. 너 고생 시키기도. 그럼 그냥 안성으로 갈게. 난 거기가 좋아."

종로 큰 손은 요양원이라는 말이 안 통하자, 이번에는 안성을 한 번 언급했다.

그곳에 자신의 전원주택이 있었다.

노후를 즐기기 위해서 예전에 마련했는데, 지금 그는 노인이었고, 말 그대로 노후를 즐길만한 나이였다.

물론 즐긴다기보다는 병구완을 해야 하는 게 정확한 표현이겠지만.

"됐어요. 그것보다 뭐 드시고 싶으신 거 없어요?"

그래도 종로 큰 손의 말은 딸에게 먹히지 않았다.

이 세상 그 누구보다도 딸에게 약한 그였다.

결국, 늘 이런 대화가 반복되었다.

그래도 오랜만에 딸과 오붓한 시간을 가지게 되었다는 마음에 기분이 좋아진 종로 큰 손.

사실 병원 밖으로 나온 것은 이제 자신의 딸에게 임자를 찾아주고 싶은 마음이 컸기 때문이다.

죽기 전에 늦게 본 딸의 반려와 알콩달콩 애 낳고 사는 모습을 꼭 보기 바랐다.

순간 떠오르는 사람이 있었다.

그래서 전화를 들고 통화버튼을 누르자 그의 귀에 들리는 소리.

- Shake it! Oh, Shake it! 밤새 나랑 Shake it, Baby~

그는 입에 웃음을 머금었다.

엉큼한 가사 내용이 엉큼한 그 녀석과 꽤 비슷하다고 생각했기 때문에.

그러다가 상대의 목소리가 흘러나왔다.

(여보세요?)

"그래. 나다."

(네. 알고 있습니다. 아침부터 무슨 일이시죠?)

역시 싸가지였다. 갑자기 표정이 구겨진 종로 큰 손. 괜히 전화했다고 후회하는 중이었다.

"요즘 회사 꼴이 말이 아닌 거 같아서 걱정돼 전화했다! 이 싸가지야!"

(걱정해주셔서 고맙지만, 회사는 잘 돌아가고 있습니다.)

"그게 아니라 내 투자금이 날아갈까 봐 걱정하는 거야. 누가 회사 걱정을 한데?"

자신도 모르게 목소리가 높아지고 있었다. 희한한 일이었다. 민호와 대화하면 항상 감정조절이 쉽지 않았다. 아니면 늙고 병들어서 그럴 수도.

아무튼, 그의 부아를 돋는 민호의 음성이 계속 수화기에서 새어나왔다.

(투자금이 날아가다니요? 투자 시점보다 현재 주가가 20%나 상승했는데요? 이왕 이렇게 된 거 더 투자해보시는 게 어떨까요? 사실 프리미어 마트를 발표한 것도 다 어르신 때문에 한 건데….)

"됐다, 됐어. 내가 너랑 이야기하면 혈압으로 빨리 죽을 거 같구나. 여하튼 나 지금 안 회장님한테 가니까, 전화 끊는다."

(아, 바쁜 사람에게 먼저 전화한 사람이 어르신 아닙니까? 어쨌든, 안 회장님한테 가면 꼭 좀 말씀해 주십시오. 안재현 부회장이 자꾸 사람 빼내 가려고 한다고. 당신의 막내아들이 죽게 생겼으니까, 빠른 조처 부탁한다고요.)

마치 옆에서 깐죽거리는 것 같은 말투.

그리고 민호 특유의 거침 없는 내용. 물론 그것을 종로 큰 손은 '싸가지'라고 표현했다.

앞에서만 그렇게 이야기한다.

실제로는 언제 들어도 당당한 목소리였다.

약간 버릇없어 보였지만, 참 맘에 드는 이유가 그것 때문이다.

사실 그 버릇없는 것도 종로 큰 손은 위장된 것이라는 걸 아주 잘 알고 있었다.

가끔 당뇨병에 좋다는 약이나 음식이 사람을 통해 온다는 것.

말은 투자자가 빨리 죽으면 안 될 것 같아서라고 하는데,

그는 느꼈다. 민호가 사람을 소홀히 하지 않는다는 것을.

그래 봤자 소용없는데. 당뇨병이 문제가 아닌데.

어쨌든 그게 중요한 거다. 사람을 소홀히 하지 않는다는 것.

그래서 종로 큰 손은 늘 민호가 욕심이 났다.

젊은 나이에 최고로 꼽을 만큼, 그리고 자신의 모든 것을 전수해도 괜찮을 만큼, 민호는 인재였다.

잠시 후 전화를 끊었을 때, 종로 큰 손 허 씨는 고개를 끄덕이며 자신의 인생을 되돌아보았다.

아까처럼 비서와 덩치들에게 매몰차게 말해도 챙겨줄 것은 다 챙겨줬다.

겉으로 표현만 안 할 뿐인데, 오래 지낸 사람일수록 종로 큰 손의 이런 면을 잘 알고 있었다.

물론 민호와는 오래 지내지도 않았고, 마음에도 없이 이렇게 툴툴거리면서 말하지만.

"아, 이 자식. 왜 이렇게 싸가지가 없니?"

그의 딸 허유정은 그것을 잘 알고 있기에 이렇게 대꾸했다.

"그걸 즐기시고 계시는 거 같은데요?"

"즐… 즐기긴? 내가 왜?"

"방금 전화한 것도 일부러 하신 거잖아요. 안 회장님께 가니까 혹시 전할 말 없는지. 옆에서 들으면 아버지 마음이 다 보여요."

운전대를 잡은 허유정이 웃으며 이야기했다.

할 말이 없어진 종로 큰 손. 그녀의 말이 일정부분 사실이기 때문이다.

그래도 마음이 가는 일을 애써 부정하고 싶지 않았다.

그래서 또 그녀에게 권유해 보는 말.

"이 녀석 사실 괜찮아. 너도 알잖니? 이런 놈이 나중에 크게 성공하는걸."

"그러면 뭐해요? 다른 여자의 남잔데."

"아니, 그놈이 누구랑 결혼했데? 아직 교제 중이고, 알아보니까 사귄 지 얼마 안 되었다면서? 그렇다면 얼마든지 헤어질 수 있어. 네가 원한다면 헤어지게 할 수도 있고."

"아뇨. 그런 거 싫어요. 거기다가 저 싫다는 남자는 저도 별로고요."

종로 큰 손은 그녀의 말을 듣고 고개를 절레절레 흔들었다.

역시 남녀의 일은 억지로 되는 일이 아니다.

더군다나 자신의 딸은 야망이 꽤 컸다.

재권과 결합해서 한국 최고가 된다고 가끔 그녀의 꿈을 밝히곤 했다.

그 애정 없는 결혼이 아쉬워서 자꾸 민호를 들이대 본 것이다.

아무튼, 이런저런 생각에 드디어 가까워진 풍납동 에이치 병원.

이곳 특실에 안판석 회장이 입원해 있었다.

사실 종로 큰 손은 그가 거의 회복 불능하다는 것을 잘 알고 있다.

그래서 죽기 전에 종종 찾아갈 생각이었다.

그와 자신은 아주 막역한 사이이기 때문에.

딸과 함께 엘리베이터를 내려서 가는 발걸음이 그를 보고 싶은 마음을 표현하고 있었다.

그래서 특실에 들어가 그의 모습을 발견했을 때, 감정이 북받쳐 올라왔다.

어릴 때부터 안 회장은 자신의 죽마고우이자….

"주인어른!"

이었으니까.

물론 주인어른이라고 부르는 종로 큰 손 허 씨를 보며 그 호칭을 받는 사람은 눈살을 찌푸렸다.

안판석 회장.

그는 종로 큰 손이 주인어른이라고 부르는 걸 가장 싫어했다.

그래서 가뜩이나 힘도 없는데, 그 목소리로 상대를 채근해야 했다.

"그렇게 부르지 마라니까, 이 사람아."

"아, 네, 네. 회장님."

"그것도 좀 그래. 우리 친구 아닌가? 어째, 자네는 수십 년 동안 똑같아? 좀 바뀌었으면 좋겠는데. 내가 저세상으로 가는 날에도 그럴 건가?"

"아이고, 그런 말씀 하지 마십시오. 더 오래 사셔야죠. 제발 더 오래 사십시오."

종로 큰 손 허 씨는 감정이 다 드러나는 얼굴로 안 회장의 손을 꼭 잡았다.

팔십이 넘는 나이에 그는 자신의 동반자라고 여겼다.

그러므로 그가 죽으면 왠지 자기 죽음도 가깝다고 생각했다.

"오래 살긴? 이미 살 만큼 다 살았어. 지나고 보니 모두 덧없는 것 같아. 그래도 내가 제일 잘한 건 자네를 내 친구로 삼은 거야."

# 홀릭

## HOLIC : 그의 직장 성공기

### 56회. 비슷한 생각

친구. 다시 한 번 안 회장의 입에서 그 말이 나오자 허 씨의 눈시울이 살짝 붉어졌다.

노인이 되면 감수성이 예민해진다더니, 돈에는 그렇게 냉철하던 사람이 눈물을 보이는가.

사실 어렸을 때 그는 소위 말해서 안 회장 집안의 종이었다.

그의 어머니도 그랬고, 그의 외할아버지도 마찬가지.

대대로 이어온 종의 신분이었는데, 안 회장이 성인이 되자마자 자신을 해방해주었다.

시대에 맞지 않는 이상한 관계는 되지 말자고 돈까지 주며 물심양면 도와준 그의 은혜를 절대 잊어서는 안 된다고 생각했다.

자신의 어머니가 사경을 헤맬 때, 가장 좋은 의사를 소개해준 것도 안 회장이었다.

그때 생각했다. 친구고 뭐고 간에, 안 회장은 자신의 마음속 주인이라고.

"그래. 내 들었어. 자네가 상사에 3천억을 투자했다는 이야기를."

"네. 그렇게 되었네요. 말씀하신 민호 놈. 한 번 보고 알았습니다. 투자가치가 있는 놈이라는 걸. 그런데…."

"……."

"요즘 상사에 꽤 힘든 일이 자주 발생하는 거 같습니다."

종로 큰 손은 상사에서 발생하는 일을 간략하게 설명했다.

어떻게 보면 안판석 회장은 그보다 더 바깥소식을 접하지 못한다.

그의 장남인 안재현이 눈과 귀를 막아놓고 있었기 때문이다.

말은 건강 때문이라고는 하지만, 종로 큰 손은 다 알고 있었다.

후계 구도를 더 빠르고 확실하게 구축하기 위해서라는 걸.

확실히 지금 앞에 있는 안 회장보다 재현의 야망은 훨씬 더 큰 것 같았다.

그리고….

그 야망으로 지금 형제자매에게 행하는 모든 일이 독이 될지, 약이 될지는 전혀 예측할 수 없다고 생각했다.

❧

유미의 마음은 요즘 들어 더 자주 그리고 격렬하게 뛰었다.

점점 민호에게 마음을 빼앗긴다는 증거였다.

사실 그럴 수밖에 없었다.

인도네시아에서 같은 침대를 썼다.

지금까지 그 누구에게도 허락하지 않은 마음을 내주었다.

그래서 이제 그는 자신에게 특별하다.

한편, 사무실에서도 여직원들은 늘 민호 이야기를 하다가 자신을 부러운 눈으로 바라보고 있었다.

어떤 때는 자신의 몸매가 변했다는 이야기도 들었다.

'수술'이라는 낭설도 돌고 돌아 자신의 귀에까지 미쳤다.

그런 이야기를 들을 때마다 기분이 나쁘기보다는, 그들의 마음이 이해되었다.

자기도 놀랍다. 자신의 몸매가 계속 변한다는 게.

민호를 만날 때마다, 그리고 조금 더 아주 조금 더 관계가 진전될 때마다 변하는 것이 신기할 따름이다.

이건 자신에게 떨어진 행운이라고 생각했다.

그때부터 아침 운동을 게을리하지 않았다. 저녁에는 체육관을 나갔다.

행운이 찾아왔을 때, 기회를 살려야 하는 법.

그녀는 정말이지 열심히 노력하고 있었다.

노력이 더해지자, 몸매는 더 좋아지는 선순환이 일어나고….

사람들은 더더욱 그녀를 반쯤은 부러워하고, 반쯤은 시샘하는 이야기를 꽃피워냈다.

오늘도 마찬가지였다.

유미가 들어가자마자 지민과 영서가 말을 잠시 멈추었다.

"무슨 이야기들 하다 멈춰? 설마 내 욕한 거야?"

"어떻게 아셨어요?"

"진짜 심한 욕 했는데, 호호."

알면서 물었다. 분명히 민호를 남자친구로 둔 유미가 부럽다는 게 주된 내용일 것이다.

특히 영서가 가장 부러워했다.

따지고 보면 그녀는 전 남자친구의 현 여자친구.

서로 그 언급은 피한 채 사무실에서 한솥밥을 먹고 있다.

처음에 알았을 때는 불편했지만, 싹싹한 그녀의 성격이 나쁘지 않았다.

박상민 사장의 인품을 닮아서인지 몰라도, 전혀 도도한 모습을 볼 수 없었다.

심지어 영서가 사장 딸이라는 건 자신밖에 모르는 것 같았다.

지민이는 그것도 모르고 영서에게 많은 마음을 주고 있다.

지금도 그녀를 위로하는데….

"잘 생각했어. 한 번 바람피운 놈은 또 피우게 되어 있어."

"그죠? 아무래도 헤어져야겠죠?"

"응. 그런데 남자 친구가 저번에는 오히려 널 의심했다며?"

"네."

영서의 남자친구가 누군지 모르는 지민이.

유미가 귀를 기울여 가만히 듣고 보니 종섭이 이야기였다.

제 버릇 남 못 준다고, 또 바람을 피운 모양이었다.

이것을 점심시간에 민호에게 이야기했더니.

"참, 이해할 수 없네. 사장 딸에게 충실해도 될까 말까인데… 저번에도 비상구에서 헤어지네 마네 그래서 겨우 사장 딸에게 애걸복걸하던데."

"그래? 난 남자는 다 그런 건가… 아니면 유독 그 사람만 그런 건지…."

"당연히 이종섭이가 이상하지. 난 완전히 일편단심 민들 레란 말이야."

민호는 그 말을 강조했다. 그런데 유미의 얼굴에서 미소 가 보이자, 깨달았다.

자신에게 그 말을 듣고 싶었다는 걸.

더 기분 좋게 해주고 싶었다.

"우린 천생연분이잖아. 그러니까 절대로… 네버! 날 걱 정하거나, 의심하지 말아줘."

큰소리 땅땅 친 민호가 사무실로 들어와서 종섭의 얼굴 을 살폈다.

확실히 무슨 일이 있긴 한 것 같았다.

온종일 어두웠고, 말이 별로 없었으며, 그나마 한 말은 인턴 괴롭히기였다.

"이 봐! 똑바로 안 해? 인턴은 말 그대로 인턴이야. 회사 가 필요하도록 자신의 가치를 만들란 말야!"

"죄송합니다…."

"죄송? 하… 됐어. 일단 내 눈앞에서 보이지 말아 줄 래?"

꽤 신경질적인 그 모습을 보며 네모돌이 조정환과 또 다 른 인턴 송연아는 안도의 한숨을 쉬었다.

자신의 상사가 민호라서 다행이라고 생각했다.

물론 민호도 만만한 사람은 아니었다.

"두 분 잠시만 이쪽으로 오세요."

송연아는 깜짝 놀랐고, 조정환은 긴장했다.

네모난 얼굴에 더 각이 잡힌 것 같았고, 동그란 얼굴은 요즘 잠을 자지 못해서 핼쑥해진 것 같았다.

이들의 표정을 보니 아까 종섭에게 깨진 인턴과는 또 다른 모습이다.

긴장과 불안.

이유는….

"기획안 다 작성하셨나요?"

"네."

"네, 대리님."

바로 기획안 때문이었다.

거의 밤을 새워서 드디어 기획안을 만들었는데, 또 까일까 봐 걱정하는 중이었다.

또 까인다는 말은 이미 몇 번째 까였다는 뜻이다.

지난번 아이케에 가서 2천 원짜리 김치볶음밥 한 번 사 주고 민호가 내준 숙제.

내년 초에 개장할 프리미어 마트에 대해서 새로운 아이디어와 마케팅 전략을 짜오라고 했다.

한번은 송연아가 명품에 관한 기획안을 제출했다가,

– 명품이요? 만약 명품을 매장에 들여놓는다면, 연아 씨는 백화점을 갈래요? 아니면 마트를 갈래요?

꿀 먹은 벙어리가 되었다.

조정환은 자동차를 이야기했다가 완전히 무시당했다.

한국 마트에서 자동차 파는 것 봤다고 말했지만, 민호는 들어주지 않았다.

그래서 이번엔 맘먹고 이벤트에 대해 초점을 맞춘 보고서를 작성했다.

"이건 좋습니다. 다만 구체적으로 어떤 연예인을 섭외할 건지를 명시해주시면 좋겠습니다."

"그건 마케팅팀에서…."

또 토를 다는 정환.

민호의 눈에 힘이 들어가는 것을 보고 얼른 입을 다물었다.

한편, 연아는 명품보다 한 단계 낮은 잡화를 제안했다.

"음… 나쁘지는 않네요. 그런데 이건…."

민호는 잠시 옆에 있는 아영에게 도움을 요청했다.

"선배님, 이것 좀 봐주셔야 할 것 같아요. 브랜드 이름은 제 눈에 익기는 하지만, 어느 정도의 인지도인지 몰라서요."

아영은 웃으며 그에게 연아의 보고서를 건네받았다.

그리고 잠시 살펴본 후에.

"괜찮은데요? 그냥 마트에 놓기에는 가격 부담이 있고, 반대로 백화점에는 약간 미흡한 정도의 브랜드예요."

"그렇군요. 역시… 전 이런 거에 약해서… 고마워요."

그 말을 듣자마자 아영은 고개를 돌리며 자기 일에 집중했다.

분명히 웃으면서 하는 말일 것이다.

요즘 그녀는 그의 웃음을 보지 않기로 다짐했다.

모니터를 보는 그녀의 귀에 민호의 음성이 들렸다.

"늘 도움만 받네요. 나중에 제가 한턱 쏘겠습니다."

인사치레일지도 모르지만, 살짝 떨려오는 것은 웬일일까?

어서 남자 친구를 구해야 하겠다고 다짐하는 아영.

그 생각은 연아도 마찬가지였다.

기획안이 몇 차례 까여도 앞에 있는 민호가 미운 상사가 될 수는 없었다.

사실 같이 들어온 조정환이 몇 차례 혼나긴 했다.

하지만 민호는 자신에게 신입 때 할 수 있는 실수라고 오히려 몇 차례 격려한 적도 있었다.

지금도 그랬다.

"여기 기획안 쓰는 방식이요. 좀 예쁘게 꾸미려고 하신 거 같은데, 이게 일종의 약속이거든요. 저야 감안해서 보겠지만, 만약 저 위쪽에…."

민호는 손을 위로 올리면서 말을 이었다.

"계신 분들은 의외로 이거 되게 까다롭게 보십니다."

"네, 수정하겠습니다."

재빨리 잘못을 시인하는 그녀.

그때 구인기 과장이 민호에게 외쳤다.

"거 참 친절한 대리다! 정말 친절해! 내가 인턴이었을 때, 저런 대리 만났으면, 지금 왕창 버릇이 없었을 거야."

그 말을 듣고 민호는 쓴웃음을 지었다.

지금 구 과장은 너무 버릇없게 키운다고 잔소리하고 있는 것이나 마찬가지다.

그러나 민호의 생각은 약간 달랐다.

사람마다 스타일이 달라서, 조정환 같은 경우 띄워주면 자만하고, 송연아는 혼내면 위축되는 타입이었다.

그녀와 같이 가능성 있는 인턴에게 잣대를 너무 엄격하게 들이대면, 창의력이 사라질지도 모른다고 생각했다.

그의 생각이 옳은지는 모르겠지만, 연아의 입에서 뜻밖의 이야기가 나오며 그를 깜짝 놀라게 했다.

"이건 프리미어 마트랑 관계는 없을지도 모르는데… 기획안 하나를 더 만들어 봤습니다. 혹시 봐주실 수 있으신가요?"

민호는 당연히 고개를 끄덕였다.

예전에 자신도 저와 비슷한 눈빛을 했다.

그게 라면의 대박과 A&K와의 협력관계 구축의 시발점이 된 기획안이었다.

잠시 후 기획안을 보고 민호는 또 한 번 놀라야만 했다.

아이디어가 새로웠기 때문에 놀란 게 아니다.

- L&S 상사에서 라면을 자체 생산한다면?

확실히 이런 물음표를 가진 기획안은 절대 써서는 안 된다.

그러나 그 내용은 반드시 읽고 싶어졌다.

최근 민호가 재권과 함께 은밀하게 추진하고 있는 라면 자체 개발 때문이었다.

사람의 생각이 가끔 비슷할 때가 있나 보다.

기획안을 보는 민호의 얼굴이 계속해서 변하는 이유.

자신이 생각한 것과 흡사했다.

그래서 그는 재빨리 그 기획안을 가방에 넣었다.

"음… 이건 제가 나중에 더 살펴보겠습니다."

그렇게 말하고 민호는 잠시 주변을 둘러보았다.

누가 이쪽에 귀를 기울이고 있는지 확인해 보는 것이었다.

그러다가 마주친 눈은 종섭이었다.

그는 민호와 잠시 눈을 마주쳤다가, 아무렇지도 않은 듯이 다른 곳에 시선을 두었다.

언제부터 자신을 바라보았는지는 알 수 없다.

다만 거리가 살짝 있었기에, 지금 그가 가방에 넣은 라면 관련 기획안은 보지 못했을 것으로 확신했다.

민호는 살짝 안심한 후, 두 인턴에게 이렇게 말했다.

"오늘 두 분을 데리고 갈 곳이 있습니다."

HOLIC : 그의 직장 성공기

57회. 인턴교육

처음에는 조 상무와 송 이사의 자제들로 오해했던 두 남녀, 조정환과 송연아.

그중 연아의 능력을 드디어 발견했다.

라면 자체 생산. 별거 아닌 거 같지만, 민호가 계획했던 것 중에 하나.

그로 인해 갑작스럽게 인턴교육의 필요성을 느꼈다.

엘리베이터를 타고 내려와 주차장으로 가는 동안 민호는 생각하고 또 생각했다.

이들의 능력을 어떻게 키우고 어떤 식으로 교육시킬 건지에 대해서 머리에 기름칠하고 있었던 것이다.

오늘은 일단 외근이다. 그게 바로 민호의 선택이었다.

교육의 목적도 분명하다.

그의 몸은 하나고, 앞으로 자신을 대리해서 처리할 사람이 필요하다.

'아무나'에게 일을 시킬 수는 없었다.

그렇다고 그의 상급자를 부려 먹기는 더더욱 힘들었다.

결국, 답은 하나. 아래에서 키워서 자신에 준하는 특급으로 만든다는 계획이 바로 그것이다.

그래서 조정환과 송연아를 데리고 밖으로 나가는 민호.

드디어 하드 트레이닝을 시작했다.

그 첫 번째가.

"앞으로 저에게 언제든지 기획안을 주십시오. 그게 여러분들을 위하는 길이고, 회사를 위하는 길이니까요. 참고로 저도 신입사원일 때 쓴 기획안이 채택되어서 빠른 승진을 경험했습니다."

이렇게 자신의 예를 들면서 그들의 사기를 북돋아 주는 것이었다.

꽤 고무된 표정에 민호는 슬쩍 웃음을 지었다.

그런데 그게 끝이 아니다.

앞으로 자신이 하는 말을 들으며 그들의 놀랄 모습을 생각하니 더더욱 의미심장한 미소를 지을 수밖에 없었다.

"그리고 지금부터 저에게 주는 기획안은 무조건 보안입니다. 저 이외에는 아무에게도 내용을 말씀하시면 안 됩니다. 대신 여러분들의 이름으로 기획을 추진하겠습니다."

"……!"

"……!"

정환과 연아는 깜짝 놀랐다.

아직 인턴인 그들 신분. 기획안 자체가 아무리 양질의 것이라도 쉽게 채택되지 못한다는 것을 잘 알고 있었다.

이유는 파리 목숨이기 때문이다.

무언가를 추진하다가 회사에서 정직원 또는 계약직으로 고용하지 않으면, 추진한 기획은 중단되어야 한다.

그런 의미에서 민호가 한 말은 그들의 인턴 이후의 생활을 어느 정도 보장해주겠다는 뜻이 아닐까?

"물론 이게 여러분들의 인턴생활이 끝나고 무조건 회사에 정직원으로 고용된다는 의미는 아닙니다."

풀어주었다가 다시 당기는 민호.

점점 사람을 다루는 데 있어서 능수능란해지고 있었다.

경험이 그를 변화시켰고, 모든 능력이 다 채워지면, 그야말로 이 계통에서 완전체가 될 것만 같았다.

"기획안대로 추진하되, 회사에서 버티지 못하고 나가게 된다면, 그 기획안은 제 이름으로 나갈 것입니다."

아예 공개적으로 아랫사람의 기획을 가로챈다는 말을 하는 민호.

그 말을 듣고 정환과 연아의 눈에 열정이라는 나무가 심어졌다.

"자, 그럼 제 말을 다 알아들으신 걸로 믿고 일단 A&K 마트로 가보겠습니다."

그는 차에 시동을 걸었다.

상사에서 가장 가까운 A&K 지점을 향해서.

원래는 케이티의 협조를 받는 게 가장 좋겠지만, 가까운 곳으로 정하는 게 시간을 아낄 수 있었다.

그리고 마트 주차장에 차를 세울 때부터 그는 참교육(?)을 실천했다.

"이제부터 시작입니다. 느낀 점은 바로바로 말씀해주세요."

"주차장이 너무 복잡합니다. 들어가는 곳과 나오는 곳이 같이 되어 있는데, 이건… 투마트나 한국마트에 비해서 문제가 있습니다."

"오오, 정답이네요."

기다렸다는 듯이 정환이 입을 열었다.

마트에 들어갔을 때에는 연아가 목소리를 키웠다.

"저도 마트를 자주 이용하는데, 계산대가 딱 한 층에만 있는 것도 불편합니다."

"저희 어머니는 PB 제품이 제일 별로라고…."

둘은 경쟁적으로 민호에게 불편한 점을 말했다.

민호는 다시 한 번 속으로 웃을 수밖에 없었다.

회사의 제휴업체인 A&K가 인턴 둘에 의해 발가벗겨지고 있었기에.

이윽고 어느 정도 그들이 느낀 점을 다 이야기했을 때, 민호가 말하기 시작했다.

"그나마 처음보다는 많이 나아진 상태죠. 회사에서 많은 조언을 주었기 때문입니다. 일단 생필품들을 제일 뒤로 배치한 점. 미국은 가장 잘 보이는 곳에 있는데, 한국에서는 그렇게 되면 다른 물건들을 팔 수가 없어요. 거기다가 덤 문화를 제대로 이해하지 못했습니다. 이게 속칭 끼워팔기인데… 여러모로 미국적인 마인드로 운영하면 안 된다는 것을 보여주는 사례죠."

열심히 설명하는 민호.

그런데 그의 눈에 다른 곳으로 시선이 가있는 정환이 보였다.

민호는 눈살을 찌푸렸다.

가끔 보면 정환은 좀 산만한 것 같았다.

그래서 뭐라고 말하려 했는데….

"여기서 보네요 미스터 킴."

익숙한 목소리가 들렸다.

뒤를 돌아보니 케이티였다.

볼륨이 강조된 화사한 옷을 입고 자신을 향해 미소를 짓는 그녀에게,

"어?"

라는 말을 하는 이유는 혹시나 방금 했던 말을 그녀가 들었을지 몰라서이다.

다행히 그런 티가 나지 않았다.

"인턴들에게 교육현장을 보여주고 싶어서 데리고 왔습니다."

"아, 그래요? 잘 오셨네요. 우리 마트는 실습하기 딱 좋은 곳이죠."

그 말을 듣고 정환과 연아의 표정이 오묘해졌다.

방금까지 안 좋은 쪽으로 다 해부하고 있었는데, 케이티의 소속감이 대단하다고 생각했다.

그런데 그건 오산이었다.

"처음부터 잘못 잡은 컨셉과 현지 공략을 제대로 하지 못해서 크게 고전했잖아요. 지금도 시장 점유율은 최하위죠. 그나마 미스터 킴 회사에서 조언해줘서 올라갔지만 말이에요."

너무 솔직해서 탈이었다.

물론 회사에 대해서만 그런 게 아니라 민호를 보는 눈에도 솔직함이 담겨 있었다.

그래서 돌아오는 길에 정환이 그에게 이런 말을 했다.

"전 백인 여자는 한국 남자를 안 좋아한다고 생각했습니다."

"그래요?"

"네, 그런데 오늘 그게 착각이라는 걸 뼈저리게 느꼈네요. 아까 그 케이티라는 여자는 대놓고 김 대리님을 유혹하던데요. 물론 눈으로만 그랬지만."

"하하하. 고맙습니다. 그런데 굳이 그런 말씀 안 하셔도 됩니다."

민호는 그가 아부한다고 생각했다.

그 역시 비슷한 편견을 가지고 있었다.

백인 여자는 동양인 남자를 좋아하지 않는다는.

그렇다고 해서 케이티 앞에서 위축되어 본 적은 단 한 번도 없었다.

아무튼, 하루의 교육이 끝나고 나름 보람찬 기분으로 회사에 복귀했다.

동시에 이 둘이 빨리 성장하기를 바랐다.

회사는 앞으로 독립할 가능성이 매우 높으며, 위에서 몇이나 안재현에게 포섭당할지도 알 수 없다.

그러니 이들을 빨리 가르쳐서라도 실무를 익히게 하고 싶었다.

다음날 조정환과 송연아를 또 다른 현장에 데리고 간 이유가 바로 그 때문이었다.

그런데 그가 들린 곳이 생소하지 않았다.

"이곳은 신 차장님이 계속 루트를 뚫어놓은 곳인데, 이번에 저에게 부탁하셨습니다. 마지막 한 방이 필요하다고 말씀하시면서."

고개를 끄덕이는 조정환과 송연아의 눈에 회사이름이 보였다.

(주) 베스트 가발.

민호가 예전에 신주호 차장과 왔을 때, 속칭 '빠꾸' 먹었던 곳이다.

하지만 그 이후로 신 차장이 계속 인연을 이어가고 있었다는 말을 듣고 깜짝 놀랐다.

가슴으로 비즈니스를 하라!

아직도 잊지 않고 있는 민호는 다시 그의 능력을 새로운 눈으로 바라보게 되었다.

특히, (주) 베스트 가발이 옮겨간 무역회사와 큰 분쟁이 있었나 보다.

손해를 보고 마음이 흔들릴 때, 지속적인 연락으로 신 차장에게 마음을 연 이곳 사장.

이제 결정의 순간에 민호가 계약 조건과 앞으로의 비전을 말하러 찾아왔다.

사장실에 들어가자마자 민호는 고개를 숙이며 정중히 인사했다.

"어서 오세요. 저번에 뵌 분이 온다고 했는데… 하하하."

"네, 오늘 또 뵙게 되어서 영광입니다. 잊지 않고 다시 연락해주시니 회사를 대표해서 고맙다는 말씀드리고 싶습니다."

정중하되 비굴하지 않은 말투.

신 차장에게 배운 것이었다.

뒤에 선 정환과 연아의 눈빛이 변했다.

늘 회사에서 할 말 다하는 당당한 모습의 민호만 봤었는데, 이곳에 와서는 고개를 숙이는 모습이 꽤 생소했기에.

물론 설명은 또 딱 부러지게 하는 민호.

"예전과는 달리 한 가지 메리트가 더 있습니다. 우리 회사가 A&K와의 협력 관계를 더 강하게 구축해서, 미국 내에 좋은 조건으로 가발이 들어갈 수가 있거든요."

"아, 그래요? 그럼….."

"판매망이 넓어질 것 같습니다. A&K 마트면 미국의 5대 마트입니다. 당연히 사장님이 더 돈을 버시는 거죠."

"그렇습니까? 아… 정말 아쉽군요. 그때 그냥 계약했다면… 우리가 옮기지 않았다면… 지금 더 좋은 상황이었을 텐데."

사장의 눈빛이 아련해졌다.

혹시나 해서 오늘 일부러 자기 아들을 데리고 나오지 않았다.

사실 아쉬운 쪽은 이제 (주) 베스트 가발이므로.

그럼에도 불구하고 민호의 정중한 태도와 확실한 설명이 정말 고마웠다.

인연을 이어온 신 차장이 추천할만했다.

이제 마지막 계약을 할 차례. 그런데 민호가 내민 계약서를 자세히 살펴보았을 때, 뜻밖에 이름을 발견한 (주) 베스트 가발의 사장.

"이 이름은…?"

"당연히 이 거래를 성사시킨 분은 신 차장님이십니다. 오늘 제가 온 것은 여기…."

민호는 잠시 옆에서 보고 있는 인턴사원들을 가리켰다.

"인턴들에게 가르쳐주고 싶어서 제가 자청한 겁니다. 신 차장님이 하셨으면 더 좋았겠지만, 요즘 바쁘셔서 어쩔 수 없이 제가 대신 왔습니다."

사실인 것도 있었고, 민호가 만들어낸 이야기도 있었다.

그 중 확실한 것 하나. 신 차장은 바쁘지 않았다.

다만 계약 내용과 비전 제시에 대한 설명이 민호가 더 나았기에 부탁한 것이다.

민호는 더 나아가 이 건을 성사시킨 사람을 신 차장으로 기재했다.

진심으로 신 차장은 회사에서 중용되어야 할 사람이라고 생각했으니까.

나오면서 인턴들의 눈을 살펴본 민호.

예전 자신의 그것과 비슷한 눈빛이 되었다고 생각한 것은 착각일까?

그렇지 않았다. 그리고 이쯤에서 그들에게 더 많은 것을 알려주고 싶었다.

지금이 바로 그것을 알려줄 타이밍이다.

그래서 던진 말에 그들의 눈빛은 다시 한 번 변했다.

"오늘 술 한잔들 어때요?"

"아… 저야 좋죠."

"좋습니다."

정환과 연아의 얼굴이 활짝 펴졌다.

친해져야 한다는 느낌도 있었기에 둘의 얼굴은 더 환해졌다.

잠시 후 맞이한 술자리는 화기애애했다.

처음으로 민호가 두 명의 인턴과 술을 마시는 날이었다.

그들이 회사에 온 지 벌써 한 달이 넘었는데, 이게 처음이라는 것은 그만큼 민호가 바빴다는 뜻이었다.

그리고 앞으로도 이런 술자리가 잦지만은 않을 것 같았다.

지금보다 더 바쁠 수도 있으니까.

대신 그는 두 사람을 계속 키워낼 생각이다.

술이 약간 들어갔는지, 이런 말을 하는 것 보니 이미 마음속으로 그들을 제대로 품으려고 하는 게 틀림없었다.

"이런 말 하면 좀 오글거릴지도 모르지만, 제 꿈은 최고가 되는 것입니다."

"……"

"물론 제 개인적인 목표이기도 한데… 사실은 제가 속한 이 회사를 최고로 만들 거거든요. 정환 씨랑 연아 씨도 마찬가지입니다. 두 분이 근무하시는 회사는… 아마 몇 년 안에 최고가 되어 있을 겁니다."

같이 가자는 의미였다. 최고를 만들기 위해서.

당연히 정환의 입에서는 건배를 크게 외치는 목소리가 나왔다.

그리고 조용히 웃는 연아.

술자리가 끝이 나고 집으로 돌아가면서 계속 민호의 최고가 되겠다는 말이 귀에 맴돌고 있었다.

집 앞에는 오늘 늦어서 그런지 자신을 기다리는 아버지가 있었다.

밑바닥부터 배우라고 엄한 척 말씀하셨지만, 실제로는 한없이 자상한 그녀의 아버지.

"연아 왔냐? 왜 이렇게 늦었어?"

"팀 회식이 있었어요. 김 대리님이 술 사주셨어요."

"응? 누구? 김민호 대리?"

"네."

웃으며 그녀가 대답했다.

그리고 그녀가 언급한 민호를 아는 사람.

그는 바로 송현우 이사였다.

# 홀릭

## HOLIC : 그의 직장 성공기

### 58회. 형제 전쟁의 서막

민호는 아침부터 배를 붙잡고 화장실을 찾아야 했다.

두 인턴에게 강한 척하느라 술을 좀 먹었더니 사색의 공간에서 무언가를 해결하고 싶었다.

술 먹은 다음 날은 늘 이랬다.

장이 좀 좋지 않은 건 집안 내력이었고.

언제 한 번 병원을 가 봐야 하겠다고 생각하던 민호는 드디어 힘을 주기 시작했다.

그때 밖에서 어떤 목소리가 들려왔다.

"야, 그거 있잖아. 창조영업부의 걔네들."

"누구?"

늘 화장실에 있을 때, 정보를 알려주거나 뒷담화를 하는 저 두 사람의 얼굴이 매우 궁금했다.

그러면서 참 부주의 하다고 여겼다.

누가 있다는 것을 확인도 하지 않다니.

"조정환이랑 송연아."

"걔네들이 왜?"

"알고 보니까 조명회 상무랑 송현우 이사의 핏줄이라는 이야기가 있어."

"뭐? 그럼 조정환이 조명회 상무 아들이고, 송연아는 송현우 이사의 딸이란 말이야? 어떻게 그럴 수 있지?"

그 이야기를 듣고 민호는 피식 웃었다.

아직도 저런 헛소문이 돌고 있다니.

실세의 자제는 박상민 사장의 딸 박영서밖에 없는데 말이다.

"창조영업부가 워낙 회사에서 핵심적인 부서라서 일부러 밀어 넣었다나 봐."

"아니 그래도 아무나 거기를 들어가는 게 아니잖아. 그… 김민호인가? 걔는 살짝 학력이 딸리지만, 그래도 일 잘하고 성과 좋아서 들어간 거고. 다른 사람들은 유학파 출신에다가, 그룹 회장님 아들도 있고. 그런 쟁쟁한 곳이 밀어 넣은 거면, 완전히 낙하산이네."

"네가 몰라서 그러는데 조정환은 예일대학교 환경공학과 출신이잖아. 송연아는 한국 대학교 통계학과 출신이고."

"아… 생각해보니 나도 그 이야기는 들은 거 같다. 걔네들이 날렸던 애들이라며? 송연아는 수능 만점에 세계 올림피아드 금메달도 땄고…"

그래도 나름대로 정확한 정보를 캐치해내고 있는 화장실 뒷담화 남자 1과 2.

그런데 민호는 저러니까 속는 거라고 생각했다.

아홉 가지의 정보를 단 한 가지의 착각이 섞이니 완전히 헛다리를 짚고 있었다.

알려주고 싶었다. '니들'이 헛소문을 만들어내는 중이라고.

그래서 잠시 후 그들이 화장실을 떠나고 밖으로 나왔을 때.

촤아아악. 물을 틀고 약간의 콧노래를 부르기 시작한 민호.

뒷일을 보면 항상 시원한 기분이다.

거기다가 다른 사람들이 엉뚱한 상상의 나래를 펴며, 헛다리를 짚은 게 자신만 아는 비밀이 섞여 있었다.

기분 좋은 마음에 손을 씻으며 거울 속의 자신에게 말했다.

"에구, 이 인간들아. 어딜 봐서 걔네들이 조 상무와 송 이사의 아들, 딸이냐? 딱 봐도 아닌 걸 알겠구먼."

딱 봐도 아니라고 확신하는 민호의 입에서 계속 흥얼거림이 흘러나왔다.

그렇게 시원한 기분으로 사무실로 들어가는 중에, 갑자기 종섭이 뛰쳐나갔다. 그 뒤를 이어 나오는 사람이 재권이다.

"부장님, 무슨 일입니까?"

"어? 민호야? 전화 왜 안 받아! 빨리 와."

"네? 어디를…."

"사장님이 급하게 부르셔. 어서!"

그의 얼굴과 음성에 서두름이 묻어나오는 것으로 봐서 무언가 비상상황이 발생했다는 것을 느낀 민호.

도대체 무슨 일일까?

그는 재권과 종섭이 눌러놓은 엘리베이터 안에 들어가 곰곰이 생각했다.

잠시 후 도착한 대표실.

박상민 사장이 심각한 얼굴로 앉아 있었다.

낌새가 이상해서 조용히 자리를 찾아 앉으면서 둘러보다가, 대표실에 들어오는 사람이 있어 시선을 돌렸다.

조명회 상무와 송현우 이사, 그리고 나준영 이사까지 모두 호출했다.

이 또한 드문 일이었다.

뭔가 특급 발표가 있다는 걸 감지한 민호가 두 중역의 얼굴을 보았다.

심각한 상황인데, 갑자기 조금 전에 화장실에서 나온 지나가는 남자 1과 2의 대화가 떠올랐다.

저 두 명의 자제가 자신의 밑에 있는 인턴이라니!

더더욱 잘못 짚은 것 같다고 생각했다.

외모만 봐도 알 수 있었다.

조 상무의 얼굴은 동글동글했고, 송 이사의 얼굴은 네모난 게 확실하게 각이 졌다.

아무리 그래도 두 인턴이 저렇게 아버지를 안 닮을 수 있을까?

계속 그들의 얼굴을 살피던 민호.

순간적으로 송현우 이사와 눈빛이 마주쳤다.

송 이사는 그를 보며 환하게 미소를 지어주었다.

민호는 저 미소에 예전에 속은 적이 있었다.

꼭 자기 자식을 잘 부탁한다는 뜻으로 받아들였는데, 이제는 확실히 인지했다.

그 미소는 자신에 대한 격려 미소였다는 걸.

그때 드디어 민호의 귀에 박상민 사장의 말이 들리기 시작했다.

"몇 가지 할 이야기가 있어서 여러분들을 불렀습니다."

진지한 목소리가 품고 있는 떨림.

중대 발표일 가능성이 높았다.

"방용현 전무가 오늘 새벽 사의를 표명했습니다."

"……!"

"……!"

모인 사람들의 얼굴에 느낌표가 새겨졌다.

드디어 갈 사람이 간 건데, 실제로 그가 그만두니 약간 충격을 받은 것 같았다.

민호는 잠시 종섭의 표정을 살폈다.

그런데 그는 이것을 마치 알고 있었다는 듯, 변화가 없는 얼굴이었다.

박 사장의 이야기는 계속 진행되고 있었다.

"제가 우려하는 것은 방용현 전무 한 사람만 빠져나가는 게 아니라, 그 이후에 더 있을지도 몰라서… 그 대책을 논의하고자 여러분들을 불렀습니다."

"해외영업부에 이환구 차장이 1순위겠군요."

"국내영업부 김신일 차장도 있습니다."

"부장급에서는 자원부 유현일 부장도 흔들릴 겁니다."

사람들의 입에서 저마다 방용현 전무 계열이 쏟아져나오고 있었다.

박상민 사장의 얼굴이 굳어갔다.

시선이 돌아가며 민호를 보는 것은 당연지사.

늘 이런 위기 상황에서 아이디어를 준 것은 신기하게도 여기 모인 사람 중에 가장 말단 대리, 김민호였다.

그래서 던진 말에,

"민호야, 네 생각은…."

기다렸다는 듯이 민호의 입에서는,

"그들 모두 잡으셔야 합니다!"

모두의 시선을 끄는 목소리가 튀어나왔다.

사람들이 그를 쳐다보았다.

"죄송합니다. 제가 주제넘게 목소리를 높여서."

"괜찮아. 내가 먼저 물어봤잖아. 할 말 있으면 해봐. 한 두 번도 아니고. 허허허."

어쩌면 비상상황일지도 모르는 지금.

박 사장은 너그러운 미소로 그에게 멍석을 깔아주고 있었다.

다른 사람들의 눈빛도 마찬가지였다.

이렇게 모였을 때 몇 차례 돌파구를 마련해준 민호였다.

따라서 살짝 목소리가 크더라도 상관없다는 표정을 지었다.

새삼스럽게 뭐 그렇게 겸손을 떠느냐는 눈빛들과 함께.

그래서 속으로 쓴웃음을 지으며 민호가 말했다.

"그들에게 회사의 비전을 이야기해주십시오. 이번 3/4분기에 드디어 상사가 동종업계 7위의 매출을 달성했습니다. 매출곡선이 급격하게 위를 향하고 있다는 것. 만약 그들이 방용현 전무를 따라갈 경우, 새로운 무역상사에서 처음부터 시작해야 할지도 모릅니다. 그 불안감도 같이 심어주셨으면 좋겠습니다."

민호의 말은 사실이었다.

심지어 그룹 전체의 3/4분기 매출도 크게 증대되어 매출액 기준으로 재계 종합 순위 8위까지 치고 올라갔다.

이건 계열사 중에 식품과 상사의 약진 덕분이다.

더 정확히 말하면 라면 판매의 호조가 그룹을 '캐리' 하고 있는 거나 마찬가지였다.

미국에 이어 캐나다와 남미까지 진출한 식품 계열사의 라면.

만약 중국 시장까지 진입한다면, 그야말로 거대한 순풍을 탈 확률이 매우 높았다.

"이건 다른 분들이 해주셔야 할 일이고…, 사장님은 건설의 유민승 대표를 만나주십시오."

"그러고 보니 유 대표도 저번에 비슷한 이야기를 한 적이 있었어. 자기 회사의 장 전무가 안재현 측 사람인데, 정보가 새고 있어서 곤란하다고."

"바로 그 점을 이용하는 겁니다. 아예 이참에 언론에 같이 흘리는 게 어떻겠습니까? 계열 분리에 대해서."

민호는 계속해서 자신의 의견을 밝혔다.

이번에는 언론을 이용해서 불안감을 조성하자는 의도였다.

어차피 흔들릴 것은 확실한데, 본사도 여러 계열사가 독립한다는 이야기가 나오면, 아까 나왔던 방 전무 라인의 사람들이 불안해할지도 모른다고 확신했다.

민호의 의견이 타당해 보인다고 생각해서였을까?

종섭조차도 고개를 끄덕이며 이렇게 말했다.

"그런 거라면 L&S 택배의 이철환 대표도 좋은 타겟입니다.

회장님의 두 번째 사위인데다가, 욕심도 있는 사람이니 이참에 같은 편으로 포섭하는 거죠."

안판석 회장의 딸은 모두 둘.

첫째와 둘째 사위 모두 안재현과 사이가 좋지 않았다.

그 틈을 뚫고 들어가서 계열 분리 소문을 더 크게 내자는 의미였다.

어차피 무언가를 던져주면 인터넷에서는 확대재생산 된다.

그 시끄러운 상황에서 인원 이동 조짐이 보인다면 그 주인공들, 즉, 방 전무 라인들은 몸을 사릴 수도 있었다.

민호와 종섭의 의견이 나오자 이제는 나준영 이사가 무게를 실었다.

"그러게요. 더 자세히 들여다보면, 화학이나 리테일 쪽도 안재현 부회장에게 반감을 품고 있더군요. 제 지인들이 말해주었는데, 회장님…."

그는 잠시 재권을 보며 말을 흐리면서 넘어갔다.

"…이후, 어쩌면 계열 분리하는 곳에 붙을 수도 있다고 합니다. 두 곳은 본사 계열의 순환출자가 가장 적은 곳이라서요."

그리고 시작된 사람들의 구체적인 행동 지침들.

"해외영업부 이환구 차장은 제가 만나보겠습니다."

"저는 국내영업부 김신일 차장을…."

"사실 자원부의 유현일 부장이 제 고등학교 후배입니다."

저마다 자신이 나서서 사람들을 포섭한다는 이야기를 지켜보는 박상민 사장의 얼굴에 미소가 담겨있었다.

그 미소 띤 시선은 민호의 얼굴로 이동했고, 박 사장의 그 눈빛을 본 종섭이 살짝 미간을 모았다.

불쾌했다. 점점 사람들의 신임을 한 사람이 다 가져가는 것 같아서.

그래서였을까?

숨겨두었던 비장의 한 수를 꺼내들었다.

"한 가지 확실한 수가 있습니다."

"……."

"안판석 회장님이 상사에 힘을 실어주는 발언을 하면 됩니다. 특히 병석이기 때문에 여론의 동정을 받을 수도 있습니다. 물론 이 경우 안 부장님이 힘을 쓰셔야 하겠지만…."

"……!"

갑자기 쥐죽은 듯 고요해진 회의 석상.

모두의 시선이 종섭을 향했다가 다시 재권의 얼굴을 보았다.

사실 재권은 오늘 회의에서 한 마디도 제대로 하지 않았다.

민호는 알고 있었다.

그가 자신의 형과 싸우기 싫어한다는 것을.

그래서 지금까지 그 어떤 발언도 하지 않았던 것인데….

"저도 그게 확실한 수라고는 생각하지만…."

일단 민호가 재권을 돕기 위해서 나섰다.

"그렇게 되면 회장님이 더 큰 스트레스를 받게 됩니다. 솔직히 도의적으로… 좀 그렇습니다."

모두가 고개를 끄덕였고, 재권은 눈빛에 고마움을 담았다.

하지만 종섭은 민호를 불같은 시선으로 쳐다보았다.

그의 눈빛은 말하고 있었다.

그래서 네가 안 된다고!

정정당당한 것 다 추구하다가는 약육강식의 세계에서 도태된다고!

아마도 그게 네 미래일지도 모른다는 그 시선!

일단 민호는 담담하게 받아내었다.

민호는 생각했다.

자신이 무조건 옳고 선한 길만 간다?

절대 그렇지 않다고 여겼다.

자신은 선을 지키는 것이다.

그래서 종섭보다 더 뜨거운 눈으로 상대를 바라보았을 때, 박상민 사장의 결정이 떨어졌다.

"그래. 이 과장 의견도 좋지. 하지만 요즘 형제의 난이라는 게 너무 식상 해. 때마다 상속 이야기가 나오면, 10대 그룹은 몸살을 앓고 치부는 다 밝혀진단 말이야. 동정론을 얻을 수도 있겠지만, 잘못하면 아픈 양반을 이용하는 모양새니. 그건 사용하지 않는 게 좋겠어."

"네, 알겠습니다."

그래도 나아갈 때와 물러설 때를 아는 종섭이었다.

바로 고개를 숙이며 수긍하는 빛을 내보였다.

하지만 회의가 끝나고 가장 먼저 나가는 그의 뒷모습을 보며 민호는 다시 생각에 잠겼다.

만약 재권이 아닌 재현이었다면, 종섭의 이야기했던 방법을 반드시 썼을 거라고.

그렇다면 안재현이 혹시 그 방법을 쓰기 위해서 작업하고 있는 것은 아닐까?

동정론이 아닌 대세론으로 만들기 위해서.

갑자기 흠칫하는 느낌으로 그것을 말해줘야겠다고 생각한 민호.

하지만 그때 자신의 어깨를 툭 치는 사람 때문에 흐름을 빼앗기며, 생각은 더 이어지지 않았다.

돌아보니 조 상무와 송 이사가 웃으면서 서 있었다.

"역시 김민호 대리의 머리가 참 대단해. 이제 경험만 쌓으면, 더 높은 자리에도 오를 수 있을 것 같아."

"형님도 그렇게 생각하셨군요. 맞습니다. 몇 년만 지나면, 우리 회사에 30대 임원이 나올 게 확실해졌네요."

조 상무의 격려에 송 이사의 덕담이 보태졌기에, 민호는 최대한 겸손한 척 말했다.

"아닙니다. 과분한 칭찬입니다."

"어허… 젊은 사람이 겸손하기도 하군."

"그러게요. 우리 딸이 저런 걸 배워야 하는데…."

민호는 송 이사의 그 말을 듣고 속으로 웃음을 참았다.

만약 박영서가 박상민 사장의 딸이라는 걸 몰랐다면, 또 한 번 속아 넘어갔을 텐데….

그래서 속으로 중얼거렸다.

'히히. 이제는 안 속는다.'

다시 한 번 고개를 숙이는 민호는 최대한 겸손한 척했다.

고개를 또 한 번 숙이는 것은 당연한 일.

"아닙니다. 두 분의 자제분들을 만나지는 못했지만, 저보다 훌륭한 분들일 것 같습니다. 조 상무님과 송 이사님의 인품이야, 회사 내에서 소문이 퍼져있으니까요."

"허허… 이 친구… 이제. 허허."

"이야, 이제 사람 기분도 맞출 줄 아네 그려. 역시… 역시 김 대리야. 하하하."

이제 사회생활의 경험이 어느 정도 쌓이니 아부도 자연스럽게 입에 뱄다.

그런데 여기서 아부놀이를 계속할 수는 없었다.

이제는 아까 하던 우려를 깊이 생각해 봐야만 했다.

그래서 눈에 뜨인 사람이 바로 재권이었다.

딱 봐도 의기소침해 보이는 그의 모습.

일단 그를 붙잡고 이야기를 나눠봐야겠다는 생각에 회의실을 나오자마자 그를 끌고 옥상으로 올라갔다.

"형님, 이거 오해하지 말고 들으세요."

"응?"

"형님의 큰 형이 혹시 회장님을 등에 업고 여론몰이를 할 수도 있다는 생각이 들어서요."

"······!"

재권의 표정이 심각하게 구겨졌다.

자신의 형을 그가 왜 모르겠는가.

민호의 말대로 당연히 그럴 수 있는 사람이다.

그런데 안 좋은 예감은 왜 늘 이렇게 맞는 것일까?

언론사를 마주하고 있는 상사.

옥상에서 바라본 언론사 대형 LED TV에 뉴스가 떴다.

- 안판석 회장. L&S 형제의 난에서 장남, 안재현에게 힘을 실어줘···.

# 홀릭

HOLIC : 그의 직장 성공기

## 59회. 언론 플레이

다시 비상 상태에 빠진 민호네 회사.

생각보다 더 빠른 안재현의 필살기에 집단 멘붕을 맞이했다.

언론은 꽤 안재현에게 호의적이었다.

상사는 일종의 반란 세력쯤으로 포장했다.

박상민은 충성을 모르는 배반자로, 안재권은 출신성분이 불분명한 서자로.

이제 상처를 입히는 것은 당연한 일이었고, 방용현 전무 라인도 들썩였다.

민호를 불러다 놓은 나 이사는 한숨을 내쉬며 말했다.

"설득이 제대로 먹히지 않아. 그래도 자원부 유현일이는 고등학교 후배라서 망설이는 거지, 나머지 방 전무 라인은 마음을 다 굳혔다고 하더군."

"그럼 유 부장님이라도 붙잡아 주십시오. 사람 한 명을 놓치는 건 그 사람과 관련된 거래처를 다 놓치는 거니까요."

"응. 유 부장 말고, 다른 사람들도 더 붙잡도록 노력해 봐야지. 그런데 반전이 없으면 쉽지는 않아. 그래서 민호, 너를 부른 거고."

잔뜩 기대를 품고 있는 눈.

부담이 갈 상황이다.

하지만 민호는 전혀 부담을 느끼지 않았다.

"일단 우리도 홍보팀을 동원해야 할 것 같습니다. 그리고 이왕 이렇게 된 거 외부 쪽에서 수혈할 수 있는 인재도 리크루트해야 하니까 인사팀에게도 말해야 하고… 그런데 말입니다. 어차피 계열 분리는 기정사실이니까, 당하는 것보다 먼저 해버리는 게 어떤지…."

"다른 건 모르겠지만, 계열 분리가 쉬운 건 아니야. 우리도 왜 안 하고 싶겠어. 각종 행정 절차도 밟는 데 시간이 걸리고, 이사회의 승인도 거쳐야 해. 그게 어렵지는 않지만, 무엇보다도 사장님의 의지가 아직 확고하시지는 않아."

"네?"

"회장님이 살아계시는 동안은 안 하고 싶다는 게 사장님의 뜻이거든."

이건 민호의 스타일과 참 맞지 않았다.

그는 당하는 것을 싫어한다. 그럴 바에야 아예 먼저 치고 말지.

학창 시절 스타크래프트를 했을 때도 지든 이기든 닥치고 공격이었다.

물론 지금은 상황이 다르다.

머리가 좋아진 탓에 계획을 다 세우고 공격하는 스타일로 변해서 승률이 매우 높았다.

'승산 없는 싸움을 아예 하지 않는다.' 는 주의가 아니라, '일단 싸움을 시작하면 무조건 이기게 만든다!' 주의였다.

어쨌든 회사의 대표가 아닌 한 민호의 선택지는 아직 한계가 있었다.

"그럼 나머지 방법이라도 추진해야겠습니다."

"알았어. 그 부분은 내가 힘을 써볼게."

나 이사는 고개를 끄덕였다.

현재 회사에는 비상대책위원회가 만들어졌다.

그 책임자가 바로 나준영 이사다.

박상민 사장은 비상대책위원회의 권한을 최대한 부여했다.

즉, 회사의 모든 조직을 가동해서 현재의 위기상황을 타개하라는 지침을 내린 것이다.

그래서 나 이사가 힘을 써 본다는 이야기는 자신의 권한을 민호에게 이관한다는 의미.

고작 대리의 신분이지만, 민호는 이제 홍보팀과 인사팀의 협조를 받을 수 있었다.

먼저 들른 곳은 홍보팀이다.

그곳 책임자는 박규연 과장이었는데, 30대 중반에 귀여운 얼굴을 가지고 있었지만, 키가 매우 작아서 약 150cm에 가까웠다.

회사에서 노처녀들의 언니들도 불리는 그녀.

그런데 노처녀들의 아이돌인 민호가 오자 웃음으로 반겼다.

"어서 오세요. 나 이사님께 이야기 들었어요. 전폭적으로 지원하라는. 김 대리님이랑 같이 일할 수 있게 되어서 영광이네요."

"네? 아… 아닙니다. 제가 더 영광입니다."

인사치레 같아서 비슷한 말로 인사를 하는 민호였다.

그런데 그 말을 들은 규연의 얼굴이 잠시 붉어지는 기분을 느꼈다.

민호는 살짝 조심스러웠다.

여자 친구가 있는 몸이다. 늘 행동을 바르게 해야, 입방아에 오르지 않는다고 생각했다.

"그나저나 곧 여사원들의 인기투표가 있는데. 어쩌면 김 대리님이 일 등 할 수 있어요. 약소하지만, 상품도 있답니다."

"네?"

"아, 올해 입사하셔서 모르는구나. 매년 사원들이 인기 투표를 시행하거든요. 가장 일 안 시킬 것 같은 상사부터 인기남 인기녀 선정까지. 참고로 작년에 남녀 1위는 기획팀의 정유미 씨!"

유미 이야기를 할 때 살짝 강조한 규연. 질투심과 부러움이 묻어나오는 것 같았다.

"…와 현재 창조영업부에 있는 이종섭 과장이었죠. 일종의 여흥 거리라서 재미 삼아 투표하는 거니 크게 의미는 두지 마세요."

"……."

민호는 홍보로 안재현을 맞상대할 전략을 짜러 왔다가 수다만 떨고 있는 그녀를 보고 잠시 무표정으로 대응했다.

그러자 규연은 정신을 차린 듯 그에게 물었다.

"아, 제가 다른 이야기만 했네요. 그럼 본격적으로 이야기 좀 나누어 볼까요? 언론에 어떤 식으로 보도자료를 돌려야 하는지 말씀해주세요."

이제야 업무로 돌아온 그녀를 보는 민호.

그런데 그의 입에서 약간 차갑고 냉철한 내용이 나오면서 상대를 놀라게 했다.

"현재 회장님의 상태를 전하면 좋겠습니다. 있는 그대로. 즉, 대장암 말기로 거동과 언행이 불편한 상황에서 누구를 지지할 수 없다고. 안재현 부회장 측이 아픈 사람을 상대로 대국민 사기극을 연출하고 있다! 이렇게 자료를 돌려주시면 됩니다."

"그… 그건….."

"진흙탕 싸움이죠. 어차피 저쪽에서 원한 거니 더 한 걸로 대응하려고요."

✤

같은 시간, 다른 장소.

풍납동 에이치 병원 특실 앞에서는 실랑이가 벌어지고 있었다.

"아버지를 만나야 한다니까!"

"죄송합니다. 부회장님의 지시로 외부인 출입금지라서요."

"내가 왜 외부인인데? 엄연히 아들이야. 내 사진 언론에 깔렸잖아. 잠시만! 못 봐서 그러나 본데….."

재권은 특실 문 앞에서 들어가려는 것을 두 명의 덩치에게 차단당하는 중이었다.

혹시나 자신의 얼굴을 모른다고 생각했는지 그는 스마트폰을 꺼냈다.

그리고 검색어로 '안재권'을 쳤다.

연관검색어로 '안재권 서자'가 보이자 마음이 아팠지만, 지금은 그런 것을 신경 쓸 때가 아니다.

곧이어 얼굴이 뜨자 스마트폰을 덩치들에게 척 내보였다.

그러나 그들은 꿈쩍도 하지 않고 무표정한 얼굴로 이렇게 말했다.

"죄송합니다. 외부인 출입금지입니다."

"내가 왜 외부인이냐니까? 정말… 미치겠네!"

"죄송합니다. 외부인….'

출입문 왼쪽에 선 덩치가 인공지능도 달리지 않은 로봇처럼 똑같은 소리를 또 하려는 찰나에.

"걘 외부인이 아니야! 내가 보증해! 그리고 나도 아니야! 어제 그렇게 못 들어가게 막았겠다. 오늘은 내 꼭 들어간다. 그러니까 어서 비켜!"

캬랑캬랑한 목소리가 들렸다.

종로 큰 손이었다.

왼쪽 오른쪽 덩치들의 표정이 살짝 굳었다.

종로 큰 손 뒤에 있는 덩치들의 숫자가 무려 다섯이었다.

어제 못 들어가게 했더니 덩치들을 끌고 올 줄은 상상도 못 했다.

그래도 어쩔 수 없다. 반드시 사수하겠다는 일념 아래 눈을 부릅뜨다가….

발견하고 말았다.

"어? 용팔이 형님!"

"응? 너 파리채 아니냐? 여기서 일하고 있네."

"네? 네, 네… 그렇게 되었습니다. 하하."

종로에서 '용팔이'란 이름을 날리는 전설적인 주먹.

파리채라고 불린 사내는 뒷 머리를 긁었다.

그다음부터는 일사천리.

"그럼 어르신. 제가 들여보냈다는 건 무조건 비밀로 해주십시오. 제발…."

"알았어, 이놈아! 어서 비켜."

파리채는 울상을 지으며 문을 열어주어야 했다.

그렇지 않다가는 용팔이의 왕 주먹에….

생각만 해도 끔찍하다는 듯이 고개를 저었다.

재권은 인의 장막이 좌우로 열리자 재빨리 들어갔다.

그느라고 종로 큰 손의 신분도 확인하지 못했다.

아직 그를 한 번도 본 적이 없었다.

만약 허유정의 아버지라는 것을 알았다면, 인사를 생략하는 일 따위는 절대 없었을 텐데….

"아버지!"

물론 더 급한 일 때문에 생략했을 수도 있었다.

그의 아버지, 안판석 회장이 누워서 미동도 하지 않았다.

얼마 전까지만 해도 거동에는 불편하셨지만, 침대 신세만 지는 몸은 아니었다.

그런데 이토록 급하게 상태가 안 좋아지다니!

그래도 생각보다 아픈 것은 아닌가 보다.

"이 녀석아. 아빠 놀라서 죽겠다."

안 회장은 낮은 목소리로 이렇게 말했다.

잠시 놀라서 침묵하는 재권.

"회… 회장님. 저도 깜짝 놀랐습니다. 무슨 일이라도 있는 줄 알고."

뒤에서는 종로 큰 손 허 씨도 놀랐다는 듯이 가슴을 쓸어내리며 말했다.

"움직이지 못하는 것은 맞아. 밖에서 나는 소리를 다 들었는데도, 말리지 못하고 있었으니까. 이제… 진짜 얼마 안 남은 거 같아…."

"그… 그런 말씀 마세요!"

"에구, 이 녀석아 목소리 좀 낮춰!"

안판석 회장은 재권을 걱정스러운 눈으로 보며 살짝 목소리에 힘을 주었다.

그리고 종로 큰 손은.

"휴우, 저는 일단… 잠시 나가 있을까요?"

"아냐, 아냐. 우리 사이에 무슨 큰 비밀이 있다고."

둘의 대화를 듣고 재권은 의문의 눈빛을 보였다.

그러자 안 회장이 입을 열어 종로 큰 손을 소개했다.

"어서 인사드려. 어쩌면 네 장인이 될지도 모르는 분이시잖아."

"……!"

이제야 깨닫는 재권은 급히 고개를 숙이며 그에게 인사했다.

"아, 몰라뵈었습니다. 아까도 고맙다는 인사를 못 했습니다. 죄송하고, 고맙습니다."

"됐네, 됐어. 대충 자네가 여기에 온 이유를 알고 있어. 나도 비슷한 용건으로 온 거야. 그러니까 어서 말씀드려."

종로 큰 손도 어제 뉴스를 보았다.

그래서 한달음에 달려왔는데, 문 앞에서 제지당했다.

다시 오늘 온 이유도 어제와 같았다.

자기 아들에게 눈과 귀를 차단당한 안 회장에게 사실을 알리고 싶었다.

다행히 오늘은 자신의 입이 아니라, 막내아들의 입을 통해서 전달받을 것으로 보인다.

아니나 다를까, 재권은 오늘 마음먹은 듯 어제 있었던 일을 요약해서 그의 아버지에게 전달하고 있었다.

"음…."

이야기를 다 들은 안판석 회장은 낮은 침음성을 흘렸다.

그러고 나서,

"그래. 우리 막내야. 아빠가 어떻게 해주면 좋겠니?"

재권은 아버지의 입에서 그 말이 나오기를 기대했다.

그런데 마음이 약해지려고 했다.

그래서 떠올린 게 민호의 얼굴이었다.

지독한 결정력 장애를 가진 그에게 민호는,

- 형님! 마음 굳게 먹으십시오. 어차피 회장님도 형님이 상사조차 거두지 못하게 되면, 하늘에서라도 후회하실지 모릅니다. 그러니까 말씀드리세요. 회장님이 거동도 못 하도록 아프다는 것을 언론에 공개하겠다고.

라고 강하게 말했다.

이게 머릿속에서 계속 울리면서 결국 재권의 입을 열도록 만들었다.

"일단 아버지의 상태를 언론에 알리겠습니다. 거동도 하시기 힘든 분이 큰 형님을 무조건 지지했다는 건 사실이 아니라고."

그래도 민호보다는 부드럽게 표현하는 재권.

그 말을 듣고 안판석 회장의 눈이 심하게 흔들렸다.

하지만 잠시 후.

"그렇게 해라. 다행이다. 네가 이렇게 강해지다니. 아빠한테 그런 말도 할 줄 알고. 항상 네가 제일 걱정이었는데… 이제는 죽어도 괜찮겠구나. 허허허."

# HOLIC : 그의 직장 성공기

## 60회. 크리스마스를 기대하며

죽어도 여한이 없다는 안판석 회장의 말.

재권은 고개를 푹 숙였다.

"또 찾아뵐게요."

"다시 여기에 올 때는 내게 전화해라. 번호는 민호가 알고 있을 거다."

종로 큰 손 허 씨였다.

재권 혼자서 이곳에 들어올 수 없다고 생각해 한 말이었다.

"네, 신경 써주셔서 감사합니다."

재권은 허 씨에게 고개를 숙이며 인사했다.

그리고 아버지를 다시 한 번 바라본 후에 드디어 밖으로 나갔다.

그를 보면서 아직은 더 멘탈 강화가 필요하다고 여긴 종로 큰 손.

만약 민호라면 자신에게 연락하라고 한 말을 받아쳤을 것이다.

자기 힘으로 들어올 거라고. 그러니 신경 꺼달라고.

물론 그렇게 말해도 종로 큰 손은 충분히 도와줄 용의가 있었다.

한 마디로 민호는 패기 있는 놈이었다.

자신의 딸을 주어도 아깝지 않을 정도로.

안타깝게도 민호에게 임자가 있다는 말을 들었다.

거기다가 자신의 딸, 유정은 그에게 큰 매력을 느끼지 못하고 있고, 야망만 잔뜩 허파에 들어갔다.

요즘 부쩍 자주 말했다.

이제 음지에서 양지로 진출할 시간이 되었다고.

잠시 상념에 빠졌던 종로 큰 손은 다시 시선을 돌려 조금 전 죽음을 언급했던 노인을 바라보았다.

"죽는다는 말은 그렇게 쉽게 하시는 게 아니죠, 회장님."

"……."

자신의 말에 대답 없는 안판석 회장.

재권의 성장을 느낀 이후 진짜 마음속에서 많은 정리를 하고 있는 것처럼 보였다.

그래서인지 모르겠지만, 종로 큰 손이 나지막한 목소리

로 말을 꺼냈다.

안 회장의 삶에 대한 의지를 한 번 더 자극하듯이.

"최소한 막내 아드님의 장가가는 것은 보셔야죠. 손주까지 봐도 좋지만…."

"……!"

"어쩔 수 없습니다. 둘을 맺어주는 수밖에요. 솔직히 저번에도 회장님이 자꾸 물어보시지 않았습니까? 제 딸년이 어떻게 생각하냐고?"

"그… 그래. 우리 재권이를 어떻게 생각하고 있어?"

"아직 더 봐야 한답니다. 그래도 싫다고 말하지 않는 것을 보니, 긍정적으로 보는 것 같아요."

"천만다행이군."

종로 큰 손은 희미하게 웃었다.

다시 안 회장의 목소리에서 생기를 느꼈기 때문이다.

사실 자기 말에 거짓이 약간 섞여 있지만, 뭐 어떤가.

일단 누워있는 노인을 더 빨리 떠나보내게 하고 싶지는 않았다.

다만 궁금한 것 하나.

"그런데 아드님 중에 마음이 막내 쪽으로 가신 겁니까? 그랬다면 조금 더 주시지 그랬어요?"

절레절레.

안판석 회장은 누워서 고개를 흔들었다.

"그건 좋은 방법이 아니라는 게 자네도 알지 않나? 아직

의지가 부족한 놈이야. 큰 걸 쥐여주었다가는 제 형과 누나
들이 다 빼앗으려고 저놈을 괴롭혔을 거야. 그래서 자네에
게 부탁한 거야. 내가 죽은 후에도 꼭 저 녀석의 뒤를 돌봐
달라고."

열 손가락 깨물어서 안 아픈 손가락은 없었다.

지난 인생을 돌아보면 모든 게 후회될 수밖에 없는 것이
죽음을 앞둔 자의 마음이었고.

맏아들 안재현부터 막내 재권까지, 그는 다 그럴만한 이
유가 있다고 생각했다.

그래서 재산은 첫째에게 가장 많이 주고, 마음은 막내에
게 제일 많이 갔다.

그리고 막내에게 가장 적은 재산을 주는 대신 여러 사람
을 붙여 놓았다.

박상민 사장, 종로 큰 손, 최근에는 민호까지….

물론 민호의 야망이 커 보여서 오히려 재권이 민호에게
붙은 느낌이 없지 않아 있지만, 어쩌겠는가?

그렇게 해서라도 무너지지 않는 삶을 영위한다면 그 또
한 재권의 팔자일 것이다.

다행히 종로 큰 손의 딸이 싫어하지는 않는다고 했으
니, 민호가 함부로 재권을 무시하지는 못할 거라고 생각했
다.

이처럼 강가에 내놓은 자식에 대한 생각은 꼬리에 꼬리
를 물고 이어졌다.

"휴우…."

깊은 한숨 소리가 자신도 모르게 나왔다.

종로 큰 손의 말처럼 조금 더 살고 싶었다.

재권이 결혼하는 것을 보고 싶어서 그런 게 아니었다.

형제 전쟁의 씨앗은 그가 뿌려 놓았으니, 그들의 화해 또한 자신이 마무리하고 싶었건만….

'뜻대로 되면 그게 인생이겠나….'

그는 살며시 눈을 감았다. 슬슬 잠이 쏟아졌다.

✻

민호는 계속 바빴다.

자신의 말대로 적나라하게 작성한 문서가 준비되는 대로 언론사 기자들을 부르라고 박규연 과장에게 지시한 후 바로 인사팀으로 넘어갔다.

그런데 인사팀에 들어갈 때 익숙한 목소리가 들렸다.

"야, 정유미 씨, 요즘 연애하는 거 맞지? 점점 예뻐져, 응?"

"아니에요. 차 대리님. 저 이거 윤 과장님이 드리래요."

"그래? 알았어. 어쨌든 캬… 내가 정유미 씨 팬인 거 알지?"

뺀질뺀질하게 생긴 올빽 머리의 남자 하나가 유미에게 싱글싱글 웃으며 말하고 있는 모습.

갑자기 민호의 눈에 불꽃이 일었다.

당연한 일이었다. 차 대리라고 불린 그 사람의 목소리.

어제 아침 화장실에서 들었던 지나가는 행인 1의 그것과 똑같았다.

그래서 재빨리 그에게 말을 붙였다.

"안녕하세요."

"어? 오… 김 대리님?"

물론 자신을 먼저 발견한 유미가 놀란 눈을 동그랗게 뜨고 '오빠'라고 부를 뻔하다가 바로 그의 호칭을 불렀다.

살짝 미소를 날려준 민호.

다시 차 대리를 보며 이렇게 말했다.

"차원목 대리님이시죠?"

"응? 아, 네. 맞습니다. 아까 비상대책위원회에서 사람이 온다고 했는데, 그게 김 대리님이셨군요."

"네, 긴히 협조를 얻을 게 있습니다."

민호가 여기까지 말하자 차원목 대리는 고개를 끄덕이며 진지한 표정으로 유리 회의실을 가리켰다.

"그럼 이쪽으로."

민호는 그가 안내한 곳으로 가기 전에 유미를 향해 다시 뒤돌았다.

그리고 아무도 못 본다는 것을 확인한 후 입모양으로 이렇게 말했다.

'저녁에 만나.'

그 입 모양을 보며 유미는 행복 가득한 얼굴로 고개를 끄덕였다.

그리고 민호가 유리 회의실로 들어갈 때까지 지켜보고 있었다.

조금이라도 그의 모습을 눈에 다 담으려는 노력이었다.

그가 유리 회의실에 들어가서 자리에 앉았을 때, 그녀와 민호는 또 한 번 눈이 마주쳤다.

미소를 지어주며 손을 좌우로 흔드는 유미.

이제 누가 보든 말든 신경 안 쓴다는 것일까?

그 모습에 민호의 심장은 두근두근 댔다.

물론 차원목 대리의 목소리가 그들의 행복한 시선 교환을 바로 깼지만.

"자, 그럼 이야기 좀 해볼까요?"

역시 마음에 들지 않는 놈이었다.

갑자기 화장실에서 자신을 씹어댄 내용이 몇 가지 기억났다.

싸가지 없다는 말. 학력이 약간 달린다는 말.

마지막으로 유미의 가슴이 뭐 어째?

"여기 있는 명단 모두 컨택해 주십시오."

민호는 아주 사무적인 말로 들고 온 서류를 차 대리에게 제출했다.

"네?"

"회사에서 필요한 사람들입니다."

"이… 이건?"

"해외에 근무하는 사람 중 반드시 필요한 사람들을 뽑아 봤습니다. 그러니 반드시 상사에 불러드려 주십시오. 이번 주 내로."

"모두 해외법인에 있는데요?"

민호는 상대의 황당한 눈빛, 당황하는 말투를 듣고 마음속으로 쾌재를 불렀다.

해외지사라면 모를까, 해외법인은 상사가 아니라 본사에 영향력을 받는다.

돌아가는 상황으로 보아 이미 본사와 상사는 등을 돌린 관계.

그렇다면 그들은 타 회사라고 볼 수 있으니, 스카우트해오라고 말하는 것과 같았다.

당연히 곤란한 눈빛을 보일 수밖에.

하지만 민호는 태연하게 상대의 눈빛을 눈빛으로 맞대응해주었다.

그게 어쩌라고? 거기까지는 네가 알아서 해라.

그러고 나서 이렇게 말했다.

"전 인트라넷에서 그거 찾아내느라고 밤을 새웠습니다. 뭐든 물어보십시오. 그 어떤 사람의 인적사항도 말씀드릴 수 있습니다. 지금까지의 실적, 출신 고등학교, 심지어 전화번호까지 싹."

"……."

"알고 계시듯, 이미 해외지사 쪽은 나 이사님이 복귀 조처를 내렸습니다. 그것도 다 숙지하느라 시간을 썼습니다. 단, 하루 만에! 회사가 힘든 시기입니다. 도와주십시오."

마지막에는 도움이 필요하다는 눈빛을 잔뜩 표시했다.

일어나는 자신을 보며 얼굴을 구긴 차 대리.

이제 그의 사정으로 만들어 버리고 나서 민호는 사무실로 복귀했다.

그러다가 오후가 되어 언론사 기자들이 올 때쯤, 다시 바쁘게 움직였다.

그들을 부르는 데는 일단 홍보팀이 지니고 있는 인맥을 활용했지만, 정말 순식간에 추진하는 일 처리에 홍보팀 박규연 과장은 민호를 보며 혀를 내둘렀다.

가끔 냉철한 모습은 시크함으로 느껴졌다.

정작 그 시선에는 관심이 없는 민호.

기자들이 어느 정도 모이자 박상민 사장이 전면에 나서는 것을 눈으로 지켜보고 있었다.

"먼저 이 자리를 빌려 노고가 많으신 기자님들께 항상 감사하는 마음 가지고 있습니다. 저희 L&S 상사는…."

초반에는 그간 자신의 회사가 어떤 성과를 거두었는지 자랑하는 시간이다.

북미와 남미에서의 라면 판매 호조가 가장 컸고, 프리미어 마트의 내년 오픈을 간략히 알렸다.

"그러나 본사 부회장이 거동과 언행이 불편한 회장님을 이용하고 있습니다."

박상민 사장은 안판석 회장을 이용한 안재현이 그룹 경영권 장악을 위해 계열사들을 압박하고, 그의 뜻을 따르지 않는 계열사에 칼을 들이대고 있다고 주장했다.

"자세한 사항은 보도자료를 보시면⋯."

박 사장은 뒤에 서 있는 민호에게 눈짓했다.

그러자 보도자료를 기자들에게 나누어주기 시작하는 민호.

그런데 여기자들은 그가 나누어주고 갈 때마다 시선을 떼지 못했다.

심지어 박 사장이 중요한 이야기를 하는데도 불구하고, 그녀들의 눈빛은 민호를 향해 있었다.

부지불식간에 박 사장이 말하는 내용은 보도자료에 다 나와 있다고 생각했다.

어쩌다 보니 민호가 내뿜는 매력 덕분에, 오늘 온 여성 기자들이 쓴 기사는 완전히 한 쪽 편향으로만 작성되고 포스팅되었다.

요즘 같이 실시간으로 기사가 나오는 시대.

잠시 후 유미와 같이 온 식당에서 민호는 많은 기사를 보면서 만족한 미소를 지었다.

이렇게까지 기자들이 훌륭하게 기사를 써줄 줄은 예상하지 못했다.

자신의 의견이 반영된 홍보팀에서 뿌린 자료 그대로 베끼는 수준이었으니 말이다.

그때 스마트폰을 보며 만족한 미소를 짓고 있는 민호가 의아한 듯 유미가 물었다.

"뭐 보고 웃어?"

"응?"

"계속 스마트폰 보면서 웃잖아. 무슨 좋은 일 있어, 오빠?"

"아, 하하. 아까 기자들 불러다 놓고 말 한 게 성공했거든. 이럴 때면 정말 짜릿해."

이미 표정으로 다 말해주고 있는 민호.

유미는 웃음 지으며 그에게 반응해주었다.

늘 바쁜 자신의 남자 친구가 일에 스트레스받기보다는 일을 즐기는 모습이 더 보기 좋은 것이다.

더구나 같은 직장에 다니고 있었다.

공감할 수 있는 대화가 얼마나 많겠는가.

오늘도 서로 회사에서 있었던 일을 꺼내놓으니 더욱 이야깃거리가 풍부해지는 두 연인이었다.

"영서는 남자 친구랑 헤어진 거 같아."

"응? 정말?"

"아까 옆에서 우연히 들었다. 막 울면서 헤어졌는데 왜 전화했느냐고⋯."

민호는 저번에 구인기 과장에 이어 또 한 번 그녀에게 둘이 헤어졌다는 말을 듣고 표정이 굳어졌다.

확실히 이번에는 조처가 필요한 일이었다.

종섭이라면, 그리고 지금 처한 상황이라면, 안재현의 미끼에 충분히 걸려들 수 있었다.

내일 당장에라도 대책을 세워야 한다고 생각했다.

일단 그 일은 내일 생각하고, 그 역시 이야깃거리 하나를 풀어놓았다.

"아까 봤던 인사팀 차 대리 알지?"

"응? 알지."

"걔 좀 웃기더라고. 우리 팀 인턴 둘이 조명회 상무님과 송현우 이사님의 자식들이라고 생각해."

"어, 그 소문 나도 들었어. 그런데 사실 아니야? 정환 씨랑 연아 씨랑 성도 비슷해."

"당연히 아니지. 나도 처음은 그것 때문에 의심했는데, 확실히 아니야."

유미는 고개를 갸웃거렸다.

"왜 그렇게 확신하는데?"

"여러 가지 증거가 있지만, 그거 다 말하면 길고⋯ 확신하는 가장 큰 이유는 바로 '감'이지. 내 느낀 '감'은 지금까지 틀린 적이 없거든. 이렇게 천생연분을 만난 것도 그 느낌 때문이잖아. 하하하."

그 말을 듣고 유미는 조용히 미소 지었다.

요즘은 그가 좋으면 그녀의 기분도 좋아지는 것 같았다.

더군다나 최근 그냥 헤어지는 것도 오히려 유미가 아쉬워하고 있었다.

그녀의 아파트 앞.

작별의 시간이 너무 아쉬워 가만히 서 있는 그녀가 살짝 입술을 벌리고 있는 이유가 바로 그 때문이었다.

그녀의 신호를 못 알아차릴 민호가 아니었다.

그의 '감'이 그에게 지시하고 있었다.

그녀의 입술을 취하라고.

한 번도 틀려본 적이 없다는 그 '감'에 따라, 나비처럼 조용히 나아가 그녀의 입술에 자신의 입술을 댔다.

그리고 그 입술과 입술이 맞닿을 때….

그녀의 숨결을 느꼈다.

호흡이 거칠어지고 있다는 것 또한 느낄 수 있었다.

이대로 들여보내야 한다는 아쉬움에 더 깊이 그녀의 입술을 탐했다.

돌아오는 길에 민호는 인도네시아에서 있었던 일을 생각해 보았다.

어쩌면 그녀와 무슨 일이 있었을지도, 아무 일도 없었을지도 몰랐다.

궁금했지만, 꾹 참은 이유는….

'이번 크리스마스에?'

나중에 확인해보기 위해서였다.

어떤 계기가 있어야 하고, 아직 한 달도 넘게 남은 크리스마스지만, 연인에게는 충분히 동기부여가 되는 날이었다.

씨익 웃은 민호. 오늘따라 그의 웃음이 더 야해 보였다.

HOLIC : 그의 직장 성공기

## 61회. 해결사 김 대리!

키스의 진한 여운을 남긴 그 다음 날.

민호는 출근하자마자 조금 나아진 상황을 보았다.

어제까지 불안했던 표정을 짓던 사원들의 얼굴이 훨씬 편안해진 것만 봐도 잘 알 수 있었다.

이런 게 언론플레이의 힘이라고 생각했다.

그래도 방심할 수 없는 것이 안재현 역시 그 방면에는 고수였다.

잠시 후에는 나준영 이사가 그를 호출했다.

"자원부의 유 부장이 회사에 남기로 결심했네. 그리고 어제까지 흔들리던 사람 중 일부도 다행히 몸을 사리고 있어."

"정말 다행이로군요."

"그리고 해외 지사에서 협조 요청을 해서 당분간 이쪽으로 사람을 뺀다고 했어. 지금 몇 명이 귀국 중이야."

"그 또한 다행이네요."

빠른 수습에 따른 결과에 민호는 흡족한 미소를 지었다.

나 이사의 표정도 자신과 비슷했다.

다만.

"그런데 민호야, 해외 법인에 있는 사람을 이번 주 내로 컨택해서 끌어오라는 거… 인사팀 천 부장이 아주 미치겠다고 하던데, 진짜 그렇게 말했어?"

라고 말하는 나 이사의 눈빛을 보자 살짝 찔린 민호.

하지만 재빠른 합리화도 그의 장점이다.

"네. 어제도 말씀드렸지만, 일이 터졌을 때, 빨리 수습하는 게 좋습니다. 거기다가 사람이 떠나지 않았어도 회사에는 인력이 부족했습니다. 앞으로 프리미어 마트까지 개장하는데, 그 준비 하며… 독립할 때에는 사람이 힘이라는 것을 느낄 수 있도록 서두르고 싶었습니다."

"그래, 그건 민호 네 말이 맞는데… 그래도 시간을 좀 넉넉히 줘. 어제 천 부장이 울상이더라고. 그 일을 맡은 차 대리가 사표 이야기를 하기에 깜짝 놀랐다면서."

"그건…."

민호는 이쯤에서 물러설 준비를 했다.

하루 정도 차 대리를 고생시키는 정도라면 나쁘지 않았다.

일단 그 선에서 자신의 만족감과 타협점을 찾았지만, 짐짓 아쉽다는 목소리로 이렇게 말했다.

"알겠습니다. 그럼 나 이사님이 여유를 좀 더 주십시오. 그게 모양새가 더 좋을 수도 있으니까요."

"킥킥. 너 인마, 대리가 너무 막강한 거 아냐? 네가 싼 똥을 천 부장이 치우고 있고, 이제 나한테 도움 요청해서 내가 치우러 가야 해. 요즘 해결사 김 대리라는 별명 있던데… 아무리 그래도 대리는 대리일 뿐이야."

처음에는 장난식으로 말했지만, 언중유골이라고, 말 속에 뼈가 보였다.

순간 자신이 교만해지지 않았나 생각하는 민호였다.

만약 나 이사가 아닌 다른 사람이었다면, 지금 자신이 하는 언행에 큰 불호령을 내렸을 것이다.

"죄송합니다. 제가 좀 교만했나 봅니다."

"어? 됐어, 인마. 또 진지해지기는… 아무튼, 이런 소리 안 들으려면 빨리 과장 달고, 차장 달아야겠다."

"그렇게 되면…."

"……."

"저야 좋죠. 하하하. 빨리 달게 힘 좀 써 주세요."

변화무쌍, 능글맞은 민호의 진면목을 보면서 나 이사는 웃을 수밖에 없었다.

민호 역시 훈훈한 마무리로 나 이사의 사무실을 웃으면서 나왔다.

여러 가지 일이 쉽지는 않았지만, 풀릴 실마리를 찾아 움직이고 있었다.

요즘 들이 어떤 사건이 생겼을 때, 그것을 해결하는 것에 카타르시스를 더 크게 느끼고 있었다.

아무리 큰 난관이라도 다 해결할 수 있다는 자신감이 그래서 생겼다.

사실 옆에서 보는 사람도 마찬가지.

임원진들 사이에서 이제 민호는 '해결사'로 통했다.

아쉬운 점은 그런 일 처리를 진급과는 연관 짓지 않는다는 점이었다.

대신 두둑한 금일봉 보너스가 나오기는 했지만, 민호의 야망은 더 높은 곳을 향해 있었다.

언젠가 이것을 표현해야겠다고 생각했다.

물론 지금은 일차 봉합을 한 후 생긴 추이를 지켜보며 대응하는 게 그의 임무였다.

안재현은 만만치 않은 인물이었으니까.

아무리 민호라도 거대 그룹의 수장을 상대하는 데에는 신중할 수밖에 없었다.

그 기대(?)에 부합해서였을까?

언론 대응이 아니라 다른 곳에서 문제를 터트렸다.

옆에서 구인기 과장의 목소리가 높아져 갔을 때,

"지금 무슨 소리를 하시고 계십니까? 갑자기 거래를 끊겠다니요? 그게 지금 말이 됩니까? 에이스 마트 이용 안 하실 거예요?"

민호는 느꼈다.

지금 통화하는 곳은 식품 계열사라는 것을.

그만 그렇게 생각하는 게 아닐 것이다.

모든 사람이 구 과장을 주시하고 있었다.

재권, 신주호 차장, 아영, 두 인턴까지.

잠시 후 민호의 눈에 전화를 끊은 구 과장의 곤란한 표정
이 보였다.

그리고 정말 하기 싫은 말을 어쩔 수 없이 한다는 마음이
보이게 재권에게 다가갔다.

"저… 부장님…."

민호의 눈에 재권의 표정도 들어왔다.

구 과장의 보고를 듣고 싶지 않은 얼굴.

만약 듣는다면, 도대체 어떻게 처리해야 할지 고민하는
모습.

그때 또 하나가 터졌다.

"젠장!"

이번에는 2팀에서였다.

종섭이 씩씩거리면서 사무실에 들어왔다.

"부장님! 방금 뜬 뉴스 보셨습니까?"

"……?"

"본사에서 계열사 하나를 더 만든다고 발표했습니다.
L&S 인터내셔널이라고…."

듣기만 해도 이건 무역상사였다.

민호는 올 게 왔다고 생각했다.

기대(?)했던 대로였다. 안재현은 재권과는 다르게 일 처리 속도에서는 LTE 급이었다.

대처는 이제부터 생각해봐야 한다.

그래서 자신만 바라보는 재권의 눈길을 피해서 잠시 옥상으로 올라갔다.

잠시 후 자신의 뒤에 문이 닫히는 소리가 들렸다.

민호는 뒤돌아보지 않았다.

안 봐도 재권임을 알 수 있었기 때문이다.

그런데….

"민호야."

목소리는 낯익지만, 인정과 위엄이 공존했다.

박상민 사장이었다.

화들짝 놀라 뒤를 보며 급하게 인사하는 민호.

"사장님!"

"답답해서 나와 있는 모양이다."

"네? 네. 하하."

"그래, 답답하겠지. 왜 안 그러겠냐?"

이 상황에서도 여유가 느껴지는 음성이었다.

확실히 대표라는 게 그냥 올라간 자리는 아니라고 생각했다.

그런 의미에서 아직 재권이 어리기도 하지만, 결정 장애는 큰 흠이 될 것 같았다.

올바른 판단을 하기 위해서는 여유와 냉철한 판단력을
지니고 있어야 하는데, 나이가 먹으면서 더 갖추기를 바라
는 것은 무리일까?

하긴 생각해보니 자신의 나이도 고작 스물여덟이었다.

"너한테 기대하는 사람들이 많이 있더구나. 어제 송 이
사가 나한테 네 별명까지 이야기하던데… '해결사' 라고."

"아… 하하."

그 말을 듣고 멋쩍게 웃는 민호.

그 역시 그 별명을 들어본 적이 있었다.

처음에는 부담이 가지 않았었는데, 아까 식품에서 라면
을 다른 곳에 맡길 거고, 그곳이 새로 생길 자회사라고 생
각하니 쉽게 대책이 떠오르지 않았다.

그런데 박 사장은 민호의 얼굴을 정면으로 바라보며 기
대하지 않은 척, 기대하는 눈빛으로 물었다.

"그래, 해결사 김 대리. 어떤 복안이 있지?"

"글쎄요… 아까 여기에 올라와서 생각해 본 건 먼저 라
면입니다."

"그래, 라면. 아주 배짱이더라고. 이제 상사의 도움이 필
요 없다 이거지."

"우리도 식품의 도움이 필요하지 않다면?"

"그게 무슨 소리지?"

"굳이 등을 돌렸는데, 같은 계열사의 물품만 취급할 필

요는 없지 않습니까? 따지고 보면 라면 회사 중에 웅심도 있고, 팔도강산도 있습니다."

"하지만 그곳은 맛이 다르지 않나?"

"만약 그 맛을 낼 수 있다면요? 그 소스를 우리가 제공한다면요? 그리고 A&K의 미국 에이스 마트에서 마케팅의 협조를 받는 조건까지 제시한다면요? 그럼 우리와 손잡을 식품회사가 과연 하나도 없을까요?"

"……!"

박상민 사장의 웃는 얼굴이 순식간에 사라졌다.

그리고 하는 말은.

"역시… 자네가… 해결사군."

✤

다시 부산해진 대표실.

민호는 박 사장에게 그동안 모았던 데이터를 제출했다.

"기획2팀 정유미 씨가 연구한 것입니다. 한국에 나온 모든 라면의 종류를 다 먹어봤답니다. 그러다 보니 거기 보시면 알겠지만, 짜장 라면이나 비빔면 같은 특수한 것도 성분 분석이나 사람들의 기호, 취향이 자세히 적혀 있습니다."

유미를 한 번 띄워준다. 의도적이기도 했지만, 사실 그녀의 자료를 바탕으로 작성한 것이었다.

당연히 언급해야 한다고 생각한 민호였다.

박상민 사장은 그의 말을 듣고 재빨리 돋보기안경을 끼었다.

그의 눈동자가 위에서 아래로 쭉 훑어갔다.

좌악, 좌악.

종이를 넘기는 소리에 가속도가 붙었다.

재미있는 소설책도 아니건만, 뒤를 자꾸 보게 하는 보고서였다.

유미의 자료를 바탕으로 민호가 정리한 기획안.

분명히 라면을 만드는 방법은 아니었다.

어떤 맛이 누구에게, 어떤 나라에 통하나?

그것을 면밀하게 분석했다.

이를 위해서 당시에 유미는 미군 부대 앞과 일식 라면까지 맛보고 다녔으니….

"흐음…."

박상민 사장의 입에서 나오는 추임새는 '흥얼거림'으로 느껴졌다.

트렌드 분석이 식품 개발에서 매우 중요하다는 것을 알고 있기에 그 자신도 모르게 내는 소리였으리라.

그 추임새를 제대로 이끌어 낸 게 바로 민호의 보고서이며, 그 이전에 유미의 보고서를 토대로 지금 미국에서 히트한 라면이 탄생한 것이었다.

자료를 다 본 후에 박 사장은 비서를 들어오게 했다.

"응. 금 비서. 응심에 연락되나?"

"네, 연락해보겠습니다."

재계에서 꽤 오래 인맥을 넓혔던 박 사장이었다.

무역상사를 하기 위해서는 물품을 해외에 팔고, 들여온 것을 국내에 공급해야 하니까.

그러다 보면 자신과 같이 성장했던 사람들이 현재 사장단이나 임원으로 현직에서 일하고 있었다.

웅심의 전무 한 명을 알았고, 그에게 연락하라는 뜻을 전달한 그는 민호를 가만히 쳐다보았다.

절로 웃음이 나왔다. 찌르면 나오는 해결법이라니.

그래서 장난으로 던진 말에,

"또 있으면 빨리 내놔 봐."

"하나는 이미 아시는 거라서요."

또 있다는 듯이 대답하는 민호였다.

"팜유입니다. 웅심하고 공동 연구를 계획하고, 현재 치솟고 있는 팜유를 적절한 가격으로 공급해준다고 말씀하십시오. 그럼 꿩 먹고 알 먹고 도랑치고, 가재 잡을 수 있습니다."

"그… 그렇지. 맞아. 하하하. 늙으니까 그 생각이 갑자기 안 떠올랐구먼. 설마 또 있나?"

"어차피 프리미어 마트를 운영하다 보면, PB 상품이 있어야 합니다. 당연히 프리미어 마트니까, 프리미엄 급 라면이 되어야겠죠. 가격절충을 해서 웅심에 우리 회사 이름으로 된 PB 상품을 만들어달라고 하시면, 아직까지 라면 업

계는 웅심이 1위니까, 한국 사람들에게는 아주 잘 먹히겠
죠."

점입가경!

점점 입이 벌어진다.

민호야말로 양파 껍질 같은 인간이었다.

도대체 벗겨도 벗겨도 또 나오는 아이디어.

그 시선으로 민호를 바라보니, 그는 웃으며 이렇게 말했
다.

"이제는 저를 죽인다고 말씀하셔도… 생각해 놓은 게 더
없습니다."

"하하하하…."

박 사장은 모처럼 만에 크게 웃었다.

십 년 묵은 체증이 싹 내려가는 것 같았다.

HOLIC : 그의 직장 성공기

## 62회. 종섭의 변화

한참을 웃은 박상민 사장은 민호를 바라보며 이렇게 말했다.

"그래 내가 어떻게 해줄까?"

민호의 눈이 크게 뜨였다.

박 사장을 보니 정말 원하는 것을 해줄 수 있을 것 같은 표정.

머릿속으로 수많은 위시리스트가 한꺼번에 등장했다.

승진, 특별 보너스, 휴가…

"기회를 주십시오. 계속해서 공을 세울 기회를. 그래서 제가 특급 승진을 한다더라도 아무도 무슨 말을 하지 못할 그런 일을 계속 하게 해주십시오!"

"……!"

민호의 말을 들은 박 사장은 놀라고 있었다.

그 역시 민호의 위시리스트와 비슷한 생각을 했다.

승진, 특별 보너스, 휴가 등등.

박 사장 역시 사원 때부터 시작한 입지전적인 인물이다.

왜 민호와 같은 말단 대리의 마음을 모르겠는가.

"그럼 이렇게 하지."

"……."

"첫째, 이 자료를 작성한 정유미 씨를 대리로 특별 승진시키겠네. 물론 웅심과의 일이 성사된 후에 말일세."

민호의 눈이 커지고 있었다.

설마 자신과 유미의 관계를 그가 알고 있었던가.

속으로 든 의문에 바로 답변을 주는 것은 바로 박 사장이었다.

"나도 눈이 있고 귀가 달려있어."

"사장님…."

"둘째, 특별 보너스는 당연히 지급할 것이고, 자네를 전략 기획실로 옮기겠네. 창조영업부도 괜찮지만, 자네 같은 사람은 기획실이 더 어울려. 영업하지 말고, 그곳에서 일해. 어떤가?"

"그건…."

"왜? 싫은가?"

민호의 얼굴에 탐탁지 않은 표정이 떠올랐다.

그러자 박 사장은 고개를 갸웃거렸다.

"솔직히 말씀드리면, 전 지금 하고 있는 일이 재미있습니다. 부서를 옮긴다는 생각을 해본 적은 단 한 번도 없습니다. 차라리…."

"차라리…."

"창조영업부에 있으면서 영업도 하고 기획도 할 수 있었으면 좋겠습니다. 그리고 갑자기 생각난 아이디어는 사장님께 직접 보고한다면… 더 효율성이 높아지지 않을까요?"

"허…."

박 사장의 입이 벌어졌다.

말은 겸손한 것 같지만, 사실상 모든 권한을 자신에게 달라는 뜻이었다.

즉, 회사의 모든 일에 참견도 할 수 있고, 때로는 과장, 차장, 부장을 다 건너뛰며 다이렉트로 자신에게 건의할 수 있도록 해달라는 뜻이니….

"자네, 보기보다 더 욕심이 많군."

그 말에 조용히 웃는 민호.

박 사장도 고개를 좌우로 저으며 미소를 지었다.

그게 허락을 나타내는 움직임이라는 걸 단번에 알았다.

눈치 빠른 민호가 바로 허리를 90도로 굽혔다.

"허락해 주셔서 감사합니다. 몸 바쳐서 회사를 위해 열심히 뛰어보겠습니다."

"아이쿠… 완전히 능구렁이야, 하하하."

잠시 후 사장실을 나온 민호.

비록 자신의 주장이 모두 관철된 것 같지만, 박 사장도 머리를 쓴 부분이 있었다.

웅심과의 일이 성사될 때, 유미의 특별 승진을 보장해 준다는 내용.

어쨌든 자신을 최대한 부려 먹기 위해서 동기부여를 자극했고, 그 의도는 성공적이었다.

실제로 민호는 유미에게 깜짝 선물을 해주고 싶었다.

그게 아니더라도 승진해서 활짝 웃는 그녀의 얼굴을 보기 바랐다.

당연히 웅심과의 일 처리에 속도가 붙었다.

아까는 생각해 놓은 것을 입 밖으로 꺼내본 것이고, 아이디어를 실현할 구체적인 기획안이 민호의 손에서 탄생하고 있었다.

그것도 순식간에.

그날 저녁 만난 박 사장은 자신의 지인이자 웅심의 핵심 전무를 만났다.

당연히 민호가 준 기획안을 토대로 그에게 사업 제휴를 제안했다.

그리고 그 자리에서 웅심의 대표에게 전화하는 핵심 전무.

시간을 끌 사안이 아니라고 판단한 것 같았다.

결국, 웅심은 민호가 말한 거의 모든 것을 받아들였다.

사실 웅심으로서는 손해 보는 장사가 아니었다.

한국이라면 모를까, 미국에서는 줄곧 선두자리를 지키고 있다가 빼앗겨 버린 라면 시장.

이제는 되찾아 올 수 있는 방법이 생겼다.

그것도 라면 시장을 꽤 몇 배나 확대시킨 A&K의 유통망을 이용해서.

기존에 출시된 라면을 박 사장의 회사를 통해서 수출하고, 팜유를 공급받기로 한 것만 해도 요즘 말로 이득 중에 '개' 이득이다.

그런데다가 새로운 라면의 공동 개발을 제안받았다.

안 그래도 안재현 측이 라면을 확대하며, 한국 시장에서 세계 공격할 채비를 갖추었다는 정보를 들었는데, 이게 웬 떡인가?

미국인들이 좋아하는 맛.

그 트렌드에 대한 정보를 손에 쥐고 있는 게 상사라니!

다시 미국 시장에서 1위를 탈환해 온다면, 한풀 꺾일 적의 기세에 역공을 취할 수 있었다.

양 자간에 시너지 효과를 누릴 수 있는 게 매우 많다 보니 번갯불에 콩 볶듯이 이루어진 업무 제휴!

민호의 추진력은 여기서 또 빛을 발했다.

이것을 바로 언론에 발표한 것이다.

- L&S 상사, 웅심과 손잡고 신제품으로 미국 시장 공략.

- 맛은 기존에 미국에서 가장 많이 팔린 라면과 흡사해….

- 중국 시장 1위 웅심, L&S 상사와 업무 제휴하며 해외 시장 1위를 굳건히 하다.

기사를 보는 민호의 얼굴에 웃음이 그려졌다.

미국도 탈환하고, 원래 중국 시장에서 1위였던 웅심과 손잡으며 세력을 넓힌다!

그 복안이 차례차례 그의 머리에 그려지고 있었다.

당연히 짓는 웃음이 얼굴에 더 크게 번질 수밖에 없었다.

또 있다.

"유미야, 승진 축하해."

"오…빠…."

박 사장이 일부러 민호를 불렀다. 그러고 나서 다시 유미를 호출했고.

유미의 앞에서 마음껏 생색내라는 뜻이었다.

역시 파격적이었다.

그래서 민호는 가장 먼저 그녀에게 승진을 축하하는 사람이 되었다.

그날 저녁 유미가 그의 손을 꼭 잡고 고맙다는 표현을 몇 번이나 했는지 모르겠다.

당연히 그는 유미에게,

"고마우면, 뽀뽀!"

라고 말하며 소박한 소원을 빌었다.

더 큰 것을 요구하고 싶었지만, 왠지 모르게 그것은 크리스마스 이후로 미루고 싶었다.

원하는 일이 점점 원하는 방향으로 진행되는 것 같아서 흡족한 민호.

그러다 문득….

안재현의 표정이 꽤 궁금해졌다.

한편으로는 그가 어떻게 대응할지도 의문부호가 생겼다.

물론 맞대응하면 바로 수가 생긴다는 자신감이 붙어서, 크게 두렵지는 않았다.

그런데 생각외로 잠잠했다.

의외라고 생각했다. 이대로 당할 사람 같아 보이지는 않았는데.

이에 대해 신주호 차장은 오랜만에 자신의 의견을 밝혔다.

"이제 상사가 본사에서 떨어져 나올 것은 100% 확실한 일이지. 내가 듣기로 이미 행정 절차는 급속히 밟고 있다고 하던데, 계열 분리는 시간문제 아닐까? 어쩌면 그때를 노리는 거 같아."

"맞습니다. 신 차장님 말씀이. 하하하."

옆에서는 구인기 과장이 맞장구를 쳤다.

민호는 가만히 그가 하는 행동을 주시했다.

사실 그는 제 의견을 낸 적이 거의 없는 사람이다.

그렇다고 능력이 없다는 뜻은 아니었다.

아이디어를 못 내는 게 아니라, 안 내는 거라는 생각이 들었다.

어쩌면 조직생활에 적합한 사람은 자신보다 구 과장일지도 모른다고 여겼다.

짝짝.

그때 손뼉 소리와 함께 들려오는 신 차장의 목소리.

"아무튼, 언제 떨어져 나갈지도 모르니까, 우리는 더 열심히 해야 한다고. 자, 일들 합시다."

"그럼요. 일해야죠. 일. 거기 인턴! 뭐해? 오자마자 해야 하는 게 뭐라고 했어?"

"아, 네."

구 과장은 애꿎은 정환에게 면박을 주었고, 창조영업부 1팀과 2팀은 다시 바쁜 일과를 맞이했다.

어찌 보면 바쁜 일은 기쁜 일일 수도 있었다.

웅심의 라면이 상사를 통해서 미국으로 수출된다.

그러나 그것만으로 만족할 수는 없었다.

지난번 방 전무에게 휩쓸려 떠난 사람들의 옛 거래처를 접수하고 신규 거래처를 뚫는 일도 중요했다.

다행히 상사에는 유능한 인재들이 포진되어 있었고, 그들의 불철주야 노력으로 새로운 활로가 열리고 있었다.

신 차장과 같은 사람은 그 성실함을 바탕으로 쌓은 신뢰가 큰 몫을 했다. 그가 확보한 업체는 비록 큰 곳은 아닐지라도, 끈끈한 연대감 같은 게 보였다.

반대로 종섭은 수단과 방법을 가리지 않고 무차별적으로 거래처를 늘렸다. 자신만의 노하우를 꼭꼭 숨기고 있어서, 알아볼 방법도 없지만, 새로 뚫은 거래처는 규모 자체가 신차장과는 다르다.

오히려 이런 영업 실적에서 민호가 최근 뚜렷하게 성과를 낸 것은 없었다.

그러나 아무도 그에게 뭐라고 하지 못하는 이유.

A&K를 민호가 꽉 잡고 있었기 때문이다.

지사장인 스미스와 제네럴 매니저, 케이티는 아예 거래 창구를 민호로 일원화하기를 원했다.

회사로서는 들어주지 않을 수 없었다.

창조영업부 내에서도 그의 존재감이 눈에 확 들어왔다.

심지어 종섭마저도 어떤 경우 그에게 어려운 말을 꺼내야 했으니.

"이봐, 김 대리. 이번에 내가 새로 뚫으려는 거래처 있잖아. 미국 진출할 때, 에이스 마트에 물건을 들이고 싶어 해. 그 부분을 이용하면 괜찮을 거 같은데 말이야."

"알겠습니다."

에이스 마트는 A&K에서 운영하는 마트 이름이었다.

글로벌 기업에서 운영하기도 했고, 미국에서는 꽤 큰 곳이라서, 그 이름이 주는 의미는 작지 않았다.

그래서 종섭이 그 이름을 팔고 싶다는 뜻을 민호에게 표명했다.

공은 공이고, 사는 사였다.

물론 민호는 그렇게 생각했고, 종섭은 그를 이용한다고 여긴 것이다.

팀이 달라서 수직관계라는 명분이 약해져 있었기 때문에, 자신의 실적을 올리기 위해서는 그 어떤 방법도 사용할 수 있었다.

어쩌면….

민호라면 그처럼 철판 깔고 자신과 마찰 있었던 후임에게 자존심 때문에 말할 수 없었을 텐데.

"그럼 그냥 앞으로 내가 뚫는 곳은 A&K의 이름을 팔아버릴게. 괜찮지?"

"그러시죠."

그 모습이 되게 신기했던 모양이다.

어느 날 퇴근 후에, 재권은 민호를 자신이 자주 들리는 바에 불러내서 물어봤다.

"야, 너, 이상하다."

민호는 재권이 따라주는 스트레이트 한 잔을 마신 후 대답했다.

"뭐가요?"

"아니, 너랑 종섭이랑 사이 안 좋았잖아."

"과거형으로 표현하실 필요 없습니다. 지금도 여전히 별로니까요."

"그런데 걔는 너에게 실실 웃으면서 실속 챙기고 있고,

너는 그것을 다 받아주고 있어. 희한하단 말이야."

민호는 그의 말을 듣고 가볍게 웃었다.

그러다가 눈빛을 빛내며 할 말이 있다는 듯이 꾸물거렸다.

그것을 눈치챈 재권.

"무슨 일 있지?"

"네…."

"뭐야? 무슨 일이야?"

재권의 질문에 민호는 다시 스트레이트 한 잔을 마신 후 이렇게 말했다.

"사실 저번에 부회장님이 찾아왔었습니다."

"뭐, 형님이?"

"네, 지하 주차장에서 기다리고 있더라고요. 부장님께 말씀드리려고 했는데… 뭔가 더 밝혀낼 게 있어서 고민하고 있었습니다."

"그게 무슨 소리야?"

재권의 입술이 살짝 떨렸다.

이제 민호는 자기 곁에 없으면 매우 불안한 존재가 되었다.

그런데 재현이 찾아왔다니!

"저에게, 뭐… 본사 부장 자리를 권유했는데, 당연히 전거절했고요, 제 생각에는 다른 사람들에게도 분명히 뭔가 제안이 들어갔을 겁니다. 방 전무 라인 말고 그 제안이 들어간 사람 중에는 스파이도 있을 수 있고요. 특히 우리 부서에 있는 건 거의 확실합니다. 그거 조사하느라고 말씀드리지 못했어요."

HOLIC : 그의 직장 성공기

## 63회. 찌라시 공장

우리 부서라는 민호의 말.

창조영업부에 스파이가 있다는 확신에 찬 그 이야기를
듣는 순간 재권의 표정이 변했다.

그러나 곧 말도 안 된다는 표정으로 고개를 저었다.

"스파이? 그건 그때 유미 씨가…"

"아뇨. 나중에 조사해보니 윤 과장님은 방 전무에게 말
하지 않았데요. 그리고 제가 말한 스파이는 방 전무를 통하
는 게 아니라, 아예 직접 저쪽에 정보를 넘긴 사람을 뜻합
니다."

민호는 여러 정황상 창조영업부에 스파이가 있을 거라고
계속 주장했다.

지난번 팜유 정보가 새어나간 상황부터 시작된 의심이었지만, 최근 더 확실히 깨달았다.

"그럼… 나랑 같이 찾으면 됐잖아. 왜 혼자만 고민하고 있었어?"

"이런 말씀 드리면 좀 그렇지만, 솔직히 형님은 티가 납니다. 비밀 유지가 쉽지 않아요."

"끙……."

민호의 말이 옳았다. 감추거나 숨기는 게 탁월한 종류의 사람은 아닌 재권. 처음에 얼빵한 모습이 위장이라고 생각했지만, 실제 그의 모습이었다.

머리 좋고 스펙 뛰어난 재권에게 자신감이 빠지고 의존증이 심해지면 바로 그때 그 모습이 나왔다.

가장 절정은 바로 민호에게 불쌍한 표정을 지으면서 하는 이 말이었다.

"본사 부장. 좋지. 그러나 민호야, 난 네게 더한 자리도 줄 수 있어. 물론 당장은 아니야. 너 하나 좋은 직위 주는 거야 어렵지 않지만, 회사에는 연공서열이라는 게 있더라고. 파격적인 승진으로 젊은 이사가 되는 거. 그렇게 되면 다른 사람들을 나가라고 하는 거밖에 안 돼."

"그렇죠. 저도 그렇게까지는 당장! 바라는 게 아닙니다. 당연히 중요하죠. 그 연공서열이라는 거. 그런데 누구나 납득할 수 있는 공을 연거푸 세운다면? 그럼 되는 거 아닙니까? 그러니까 그런 기회를 더 주십시오. 과장, 차장, 부장

빨리 밟아나가고 싶습니다. 이게 솔직한 마음입니다."

"그거야 어렵지 않지. 그럴게. 당연히 그래야지."

다시 환해지는 재권의 얼굴.

그 모습을 보며 민호는 다음 화제를 꺼냈다.

"일단 그건 그거고… 조금 전에 말씀드린 스파이 말입니다."

"응? 아… 큰 형이 접촉했던 다른 사람?"

"네. 의심되는 사람들을 나름대로 생각해 봤는데…"

"봤는데…? 누구? 누가 있는데?"

아까보다 편안해진 표정의 재권. 그래도 민호를 빼앗기는 것보다 다른 사람은 상대적으로 덜 타격이라고 생각했다.

하지만 민호의 다음 말을 듣고 그는 고민에 빠졌다.

"솔직히 이종섭 과장이 의심됩니다."

"……."

갑자기 말을 잃은 재권.

그의 귀에 노래가 들려왔다.

- 내가 사랑한 S. P. Y. 그녀를 쫓아 Day and night~

민호와 재권이 있는 바에서 흘러나오고 있는 새로운 노래.

경쾌한 리듬은 어깨를 들썩이게 해야 하겠지만, 민호의 말을 들은 재권의 표정은 놀라움으로 가득하기만 했다.

눈동자가 흔들렸다.

가능성 희박한 이야기를 들었지만, 들려준 사람이 그가 가장 믿고 있는 민호였기에 안 믿을 수도 없었다.

"그럴 리가… 그럴 리가 없잖아. 영서랑 사귀고 있는데… 아저씨 딸이랑 사귀고 있는데… 굳이 이 과장이 그런 선택을 할 리가 없잖아."

"그렇죠."

"그런데?"

"그런데 요즘 헤어졌다는 소식을 들었습니다."

"……!"

이건 몰랐다. 이제 재권의 얼굴에는 물음표 대신 느낌표가 그려지고 있었다.

민호는 기세를 늦추지 않고 계속 이야기했다.

"그 두 사람이 헤어졌다는 소식을 들은 건 저도 얼마 되지 않았습니다. 예전에 비상구에서 헤어지자, 말자 이런 실랑이를 하고 있기에, 사랑싸움인 줄 알았습니다. 그런데 구 과장에게 헤어졌다고 말했답니다."

"구인기 과장에게?"

"네. 그리고 유미도 영서가 울면서 통화하는 걸 들었다고…."

"흠……."

이제 종섭이 꼭 회사에 붙어 있어야 하는 목적과 동기부여가 모두 사라져 버렸다.

스파이라는 증거만 찾는다면, 확실히 믿을 수밖에 없는

상황이다.

그래도 미심쩍은지 재권은 고개를 갸웃거렸다.

"그런데 이상하잖아. 저렇게 열심히 일하는데."

"그렇죠. …… 이상하게 열심히 하니까….."

"그지? 요즘 실적이 장난…."

"더 의심됩니다."

"아니야… 뭐? 그게 무슨 소리야?"

민호의 말을 듣고 눈이 동그래진 재권.

동그란 얼굴에 동그란 눈이 민호의 웃음을 자아냈다.

그러나 곧 진지해진 얼굴로 다시 한 번 말했다.

"여러 정황이 있지만, 결정적으로 A&K를 너무 쉽게 양보했습니다. 저에게…."

"그건 그쪽에서 민호 너를 더 원했기 때문에 그렇지."

"그렇다고 한마디 주장도 하지 않고 그냥 넘겨줄 사람은 아니지 않습니까, 이 과장이?"

"……."

듣고 보니 맞는 말이기는 하지만, 전적으로 믿기 힘들었다.

그러나 다음 민호의 말을 듣는 순간 의심이 들지 않을 수 없었다.

"결정적으로 저번에 대표실에서 회장님을 통해 이용하자는 말을 가장 먼저 했던 사람이 누군지 아시지 않습니까?"

이종섭이었다.

재권은 분명히 기억한다.

당시 종섭은 대표실에서 이렇게 말했다.

– 안판석 회장님이 상사에 힘을 실어주는 발언을 하면 됩니다. 특히 병석이기 때문에 여론의 동정을 받을 수도 있습니다. 물론 이 경우 안 부장님이 힘을 쓰셔야 합니다.

그때 민호와 같이 옥상에 올라가서 대형 LED TV로 안재현의 언론 플레이가 나왔을 때, 얼마나 깜짝 놀랐는가.

마치 회의실에서 그 이야기를 들은 것처럼, 아니 그 이상으로 안판석 회장을 이용했다.

"이종섭이가… 설마….”

재권은 다시 한 번 민호를 쳐다보았다.

그리고 민호는 고개를 끄덕이며,

"확실합니다. 그가 첩자입니다.”

라고 확언했다.

그다음부터 들어가는 술.

재권은 만취했다. 반면 민호는 술을 자제하기 시작했다.

아무래도 멘탈이 약한 재권이 걱정되었기 때문인 것 같았다.

대리기사를 부르고 그를 태울 때까지 민호는 긴장의 끈을 놓지 않았다.

완전히 재권의 차가 사라지자, 그는 발걸음을 옮겼다.

"택시!"

지나가던 택시를 탔다. 그리고 스마트폰에 적혀 있는 번호 하나를 눌렀다.

신호음이 가고 잠시 후 짜증을 힘껏 실은 목소리가 민호의 수화기로 들려왔다.

(야, 이 미친놈아. 지금이 몇 시인데 전화질이야?)

"어? 허 대표님? 아이고, 제가 전화번호를 잘 못 눌렀습니다. 죄송합니다, 정말 죄송합니다. 하하하."

죄송하다면서 웃고 있는 민호.

잘못 누를 리가 없었다. 확실히 번호를 확인하고 누른 거였는데.

실수를 가장한 이유가 있었다.

"저 때문에 잠 다 깨셨죠? 이왕 이렇게 된 거, 한 번만 도와주십시오."

(뭐? 아… 이 미친놈이… 도대체 뭐라는 거야?)

"정보망 좀 돌려주세요. 조사할 사람이 있어서요."

(시끄럿, 이….)

"그럼 저도 정보 하나 드리겠습니다. 미국의 A&K 그룹이 어떤 회사를 인수하려고 하는데… 거기 투자하면 대박이라는 정보가 있어요."

(……)

양지에서 남의 뒷조사를 제일 잘하는 곳은 국정원이고,

음지는 바로 종로 큰 손이었다.

종로 큰 손이 따로 운영하는 곳이 바로 '찌라시 공장.'

그걸 민호는 최근에 박상민 사장을 통해서 알았다.

- 나도 몰랐는데, 종로 큰 손이 음지에서 대단한 사람이었더군. 정보를 사고 팔고, 그리고 심지어 조작까지… 웅심의 김 전무가 이야기해주더라고.

이것을 민호에게 이야기해주는 이유는 간단했다.

민호가 종로 큰 손과 친분이 있다는 것을 알고 있는 박 사장은 그가 정보를 획득해 더 큰 날개를 달기 바랐다.

아무튼, 민호의 말에 종로 큰 손은 갑자기 관심을 보였다.

자신이 갖지 않더라도 그 정보는 큰 가치가 있을 수 있었다.

(어느 회산데?)

"제 부탁부터 먼저 들어주신다고 약속하셔야죠."

(알았어, 이 미친놈아! 빨리 말해.)

자꾸 욕을 하지만 민호는 아주 잘 알고 있었다.

그가 자신을 싫어하지 않는다는 것을.

물론 A&K가 다른 회사를 인수할 계획이라는 정보는 사실이다.

얼마 전에 만났던 케이티가 말해주었다.

자신에게 협조 요청을 했다. 그 회사에 대해서 알아봐 달라고.

PB 때문이다. 미국 회사에서 구할 수 없는 종류의 '홍삼'을 제조하는 제약회사를 인수해서 PB 상품으로 만들려고 한다는 말.

나쁘지 않은 생각이었다.

그래서 정보를 제공했던 민호.

이제 그 정보를 이용해서 종로 큰 손과 거래를 하고 있었다.

종섭은 그를 향해 '정정당당' 병에 걸려 자신보다 성공할 수 없다고 말했다.

하지만 그건 오산이었다.

못 한 게 아니라, 안 한 거였다.

만약 한 번 하기 시작하면, 민호는 더 무서워질 수 있었고, 지금이 바로 그 시점이었다.

그래서 종로 큰 손과 전화를 끊은 후에 민호의 눈은 꽤 차가워졌다.

HOLIC : 그의 직장 성공기

## 64회. 인기투표

약간의 정정당당함을 버렸다는 것. 누군가의 뒷조사를
부탁했다는 것.

아무리 그래도 민호는 살짝 찝찝할 수밖에 없었다.

그래서 그런지 표정이 좋지 않았고, 그것을 알아챈 유미
가 옆에서 그에게 물었다.

"어제 술 많이 마셨어?"

"응? 아… 아니. 난 별로 안 마셨어. 재권이 형이 완전히
꽐라 됐지."

"응. 근데 다음부터 술 많이 마신 날… 그러니까 그 다음
날에는 나 안 태우러 와도 돼."

"에이, 그게 무슨 소리야? 그럼 안 되지. 내가 가장 사랑

하는 사람 1호는 반드시 내가 모셔야지. 하하하."

그의 얼굴에 다시 미소가 열렸다. 역시 자신을 힐링하는 유일한 존재는 유미라는 생각이 들었다.

신호대기에 걸려 살짝 옆을 보았을 때, 자신을 응시하는 그 눈빛도, 그리고 자신을 유혹하는 그 입술도….

그래서 그는 목소리를 키우고 말았다.

"에이, 운전하는 것만 아니면 확 뽀뽀하고 싶다앙!"

그 말을 듣고 유미의 얼굴이 붉어졌다.

하지만 그가 원하는 대로 입술을 내어주지는 않았다.

대신 그의 입에 빼빼로를 물려 주었다.

오늘은 11월 11일. 바로 연인끼리 빼빼로를 교환하는 날이었다.

민호는 그것도 모르고 씹으면서 말했다.

"어? 웬 빼빼로?"

"응? 아… 그냥. 갑자기 먹고 싶어서."

그녀는 민호가 이런 일을 챙기는 데 매우 둔감하다는 것을 이미 알고 있었다.

심지어 그와 그녀는 100일 기념도 따로 하지 않았다.

그래서 빼빼로 데이 같은 것은 아예 언감생심 기대도 안 했고, 내색도 안 할 예정이다.

지금은 그저 그가 기뻐하는 일만 해주는 데 골몰해 있었다.

그래서 그가 좋아할 만한 소식 하나를 곰곰이 생각한 그녀의 도톰하고 예쁜 입술이 열렸다.

"아, 참! 오늘 여직원 휴게실에서 인기투표가 있을 예정 이야."

"응? 인기투표?"

"응. 매년 11월 11일에 하는 건데….."

"그거 남자들도 하니?"

"그럼. 주관은 회사 홍보팀에서 하니까, 인트라넷에는 벌써 공지가 올라갔어."

"그래? 난 왜 못 봤지?"

신경을 전혀 쓰지 않기 때문이다.

민호의 관심은 온통 비즈니스에만 가 있었다.

여자는 유미! 그리고 스파이 문제까지, 그가 신경 써야 할 일이 한두 개가 아니다.

생각해 보니 홍보팀 박규연 과장이 그 비슷한 이야기를 한 적이 있었다.

그게 오늘일 줄은 몰랐다.

"작년에는 네가 1등 먹었다면서? 올해도 2연패 하겠다. 그지?"

"그건… 모르겠고, 오빠가 1등 할 거야. 아마도."

"……?"

민호는 그럴 리가 없다고 생각했다.

자신이 크게 비호감이라고 여겨본 적도 없었지만, 한 방에 여자들을 나가떨어지게 하는 매력을 지니지도 않았으니 까.

그런데 유미의 입에서는 계속 말이 이어졌다.

"약간 표가 갈리기는 해. 기혼들에는 압도적으로 이종섭 과장이 몰표를 받을 거 같거든."

"그럼 난 결혼 안 한 여자들에게 강세야?"

"응."

"아…."

이제야 알았다는 듯이 고개를 끄덕거리는 민호.

생각해 보니 운이 좋아서 벌써 대리라는 직함을 달았고, 회사의 대표 및 임원들에게 '해결사'라는 별칭까지 얻었다.

어쩌면 앞길이 창창한 남자, 최고의 신랑감으로 손꼽힐 수도 있는 상황.

역시 여성직장인들은 매우 현실적이라는 생각이 들었다.

자신을 있는 그대로 사랑해주는 것은 유미밖에 없다는 점도 또 한 번 머리에 각인시켰다.

그러다가 갑자기 승부욕도 발동했다.

이종섭과의 인기대결마저도 그는 지고 싶지 않았던 것이다.

어렸을 때부터 희한하게 누구에게 지는 것을 너무 싫어하던 그였는데, 그가 별로 좋아하지 않는 종섭이다.

지면 더더욱 싫을 것 같았다.

그래서 유미에게 하는 말.

"결과 나오면, 내가 1등이면 알려주고, 그렇지 않으면 이야기도 꺼내지 말아줘."

"응. 그럴게."

그런데 민호는 자꾸 신경이 쓰였다.

회사에 출근하고 나서 일부러 미소 지으며 다른 여자들에게 인사했던 이유가 바로 그것 때문이었다.

마치 정치인이 한 표를 부탁한다며 짓는 억지웃음처럼, 그는 최대한 여자들에게 정감 있는 미소를 지으려고 노력했다.

안 그래도 매력지수가 철철 넘치는 민호였는데, 이렇게 웃음마저 흘리고 다니니, 여자들의 호감도가 점점 더 상승하고 있었다.

그 모습이 재권에게 꽤 생소했던 것 같았다.

점심을 한 후 커피를 마시다가 지나가는 여자들에게 인사하는 민호를 보며 말했다.

"왜 그렇게 웃고 다녀? 너 바람 났냐?"

"네? 아, 하하… 그냥요."

인기투표가 있는데, 자신의 표 관리를 한다는 것을 그에게 말하기는 솔직히 말해서 쪽팔렸다.

"이상하네. 이종섭 대리도 아침부터 여자들에게 웃고 다니던데. 하긴 그 녀석은 영서랑 헤어져서… 새로운 여친을 구해야겠지. 에이, 바람둥이 같으니. 사장 딸 놔두고 왜 바람을 피우다가 걸려, 걸리긴…."

민호의 말을 들은 재권은 아침부터 종섭을 계속 주시했나 보다.

그가 스파이라는 결정적인 증거가 없었기 때문에, 우선 계속해서 동태를 살펴보는 게 해야 할 일이라고 생각했다.

민호는 그 말을 듣고 쓴웃음을 지었다.

역시나 그에게 말했더니 언행이 달라졌다.

이렇게 하다가는 '내가 널 감시하고 있다.' 라고 상대에게 알려주는 꼴이 된다.

"형님, 그러지 마세요."

"응?"

"그렇게 관찰하다가는 다 눈치채겠어요. 제발요."

"아… 알았다."

그렇게 말은 했지만, 민호는 그가 미덥지 못했다.

그래서 한마디 더 하려는 와중에 문자를 알리는 효과음이 그의 스마트폰에서 울리고….

– 오빠 축하해! 오빠가 1등 먹었어!

민호의 얼굴에 미소가 깔렸다.

종섭을 눌렀다는 것에 갑자기 기분이 좋아졌다.

그 모습을 보고 재권은 한 번 더 갸우뚱.

"왜? 뭔데?"

"제가 1등 먹었어요. 하하."

"아… 난 또 뭐라고. 인기투표 말하는 거구나."

"네."

"혹시 너도 투표했냐? 아까 남자들도 하고 있던데."

"했죠. 당연히 유미한테."

민호는 자랑스럽게 말했다.

재권은 커피 한 잔을 홀짝 마시고 나서 웃었다.

"좋냐? 좋아? 난 얼굴 팔리는 거 정말 못 하겠던데…."

"네? 그게 무슨…."

"그거 인기투표 1위가 1년간 사내 모델하는 거잖아. 여기 저기 다 깔린다. 저기 안 보여? 저 사진이 왜 있겠어?"

민호는 재권이 가리킨 방향으로 시선을 돌렸다.

거기에는 한 장의 사진이 붙어 있었다.

종섭이 엄지손가락을 치켜 올리는 사진이 찍혀 있었다.

- 대한민국 달려라! L&S 상사 날아라!

민호의 얼굴이 갑자기 흙빛이 되었다.

순간 아까 웃으며 반겼던 몇 명의 여자들이 인사를 하는 것도 받아주지 못했다.

한숨이 나왔다. 앞으로 귀찮고 얼굴 팔리는 일이 머릿속에 그려지면서 그 난관을 어떻게 헤칠지 고민이 되었다.

그때 재권이 그의 어깨를 쳤다. 시선을 돌리자 재권의 턱 끝이 살짝 움직이며 지나가는 종섭을 가리켰다.

민호가 그 턱 끝을 쫓아갔고, 종섭 역시 그 순간 고개를 돌렸기에 둘의 눈빛은 딱 마주쳤다.

살짝 불꽃이 튀었다.

그러나 단지 그뿐이었다.

못 본 척한 건지 종섭은 다시 가던 길을 가기 시작했다. 외근 준비를 하더니, 밖에서 업무를 보려는 것 같았다.

그의 뒷모습을 바라보는 민호의 귀에 재권의 목소리가 들렸다.

"내가 한 번 쫓아가 볼까?"

"네?"

"미행 말이야. 할 수 있을 거 같아서…."

"에이… 그러지 마세요. 제가 다 알아보고 있습니다."

"그래?"

고개를 갸웃거리는 재권.

오후가 되자 그는 눈빛을 빛내며 민호에게 찾아와 이렇게 말했다.

"아까 누가 이 과장을 찾아왔어. 그래서 없다고 했더니, 거기다가 명함을 놓고 가더라고."

"그래요?"

"응. 그런데… 물론 그러면 안 되는데, 내가 그 명함을 봐 버렸어. 왠지 의심되어서 말이야."

"네? 형님, 자꾸 신경 쓰시면, 눈치챈다니까요. 일단 제 쪽에서 조처 취하고 있으니까, 잠시만 기다려주세요."

계속 답답한 소리만 하는 재권에게 민호가 얼굴을 굳히며 말했다.

재권은 살짝 변명하듯이,

"아… 미안. 그래도 이거 하나만. 그 명함 있잖아. 거래처는 아니었는데, 그렇다고 수상한 사람도 아니더라고. 중소기업 진흥청에서 일하는 사람이었어. 혹시 지인인가?"

라고 묻자, 민호가 이렇게 대답했다.

"글쎄요. 저도 그건 모르겠습니다."

"흠. 이건 점점 미궁 속에 빠지는 느낌이야."

재권의 눈빛은 먼 곳을 바라보았다.

그가 지금 제일 의지하는 사람은 물론 민호였다.

그런데 종섭 또한 능력 면에서는 나쁘지 않은 사람이었다.

그래서 그가 자신의 형인, 안재현에게 포섭당했다는 사실을 인정하기 힘들었다.

그 생각을 눈치챈 민호는 이렇게 말했다.

"형님… 모든 사람을 다 붙잡을 수 없습니다. 때로는 냉정해져야 합니다. 사실 누가 무슨 문제를 일으켰을 때! 결정을 내리고 통보하는 사람은 바로 형님이니까요."

재권의 눈빛이 살짝 불안해졌다.

사실 그게 제일 싫었다.

종섭이 첩자라는 게 밝혀지면, 그에게 추궁해야 한다.

심지어 그를 고소해야 하는 상황까지 벌어질지도 모른다.

결정력 장애를 지닌 재권이 그 한계를 깨기 위해서는 많은 결심이 필요한데….

끄덕끄덕.

일단 재권은 고개를 끄덕였다.

"알았다. 난 일단 조용히 있을 테니… 내가 결정할 상황이 되면 꼭 알려다오."

"네, 형님."

뒤돌아서는 재권의 모습이 매우 쓸쓸해 보였지만, 어쩔 수 없었다.

무엇보다도 민호의 마음도 썩 좋은 것은 아니었다.

그래서 나중에 홍보팀 박규연 과장이 올라와 말을 시켰을 때에도 시큰둥할 수밖에 없었다.

"1위 인터뷰요? 그런 걸 꼭 해야 합니까?"

"이 인터뷰, 사내 홍보지에 꼭 실어야 하거든요. 잠시만 시간 내주시면 되는데."

"나중에 합시다. 나중에…."

라고 말하며 일정을 뒤로 미루었다.

오늘따라 스트레스가 좀 쌓였다.

구인기 과장이 술 한잔 하자고 말했을 때, 덥석 받아들인 것도 아마 그 이유 때문일 것이다.

"그럼 먼저 자리 잡아 놓고 기다릴게. 하하하."

"넵! 전 이 건만 마치고 가겠습니다."

해야 할 마지막 정리를 끝내고 나니 벌써 8시가 넘었다.

그래서 부랴부랴 길을 나섰다.

구 과장이 문자로 주소를 보내주었기 때문에, 네비게이션의 힘을 빌려서 간 곳.

민호의 눈이 휘둥그레졌다.

네온 간판이 굉장히 화려하고 불빛 자체가 굉장히 자극적이었다.

들어가는 계단은 평범했지만, 술집 문을 열자마자 딴 세상에 온 분위기가 느껴졌다.

바닥은 대리석. 그리고 돌아다니는 여자들의 얼굴은 연예인이었다.

그들은 민호가 들어오자마자 한 번 시선을 주었고….

다시 그 시선을 떼지 못했다가, 갑자기 민호에게 달려들었다.

"어머, 오빠. 오랜만이다."

"어머, 사장님! 어서 오세요, 또 오셨네요."

민호는 황당한 눈으로 그들을 바라보았다.

언제 봤다고 오랜만이라는 말을 할까?

더구나 자신의 좌우에 팔짱을 낀 여자들의 화장품 냄새가 코에 들어오자 그는 살짝 인상을 쓰기 시작했다.

이곳이 말로만 듣던 텐프로인 것 같았다.

물론 그도 남자다.

팔의 좌우로 매달린 여자들의 풍만한 가슴이 물컹거릴 때마다 그 자극성을 왜 못 느끼겠는가?

그러나 순간 유미의 얼굴이 떠올랐다.

그래서 그들을 살짝 뿌리쳤다.

"죄송합니다. 제가 잘못 들어왔나 봅니다."

그는 차가운 눈, 냉정한 목소리로 그렇게 말하며 뒤돌아 섰다.

"오빠, 내가 잘해줄게. 정말이야. 디스카운트 대폭 해줄 게."

"테이블 내가 쏠게요. 룸비 오늘 내 거에서 깔게요."

스쳐 지나가는 말이 들려도 민호는 뒤도 돌아보지 않았다.

그리고 올라와서 바로 구인기 과장에게 전화했다.

잠시 후 구 과장이 헐레벌떡 올라왔다.

옷차림이 흐트러진 것으로 보아 무엇을 했는지 대충 예상할 수 있었다.

"아이고, 김 대리. 이런 데 싫어하는구나."

"네, 싫어합니다."

"그… 그래? 그럼 말을… 아냐, 아냐. 그럼 뭐 먹고 싶어? 내가 다 쏠게."

구 과장은 어떻게든 민호에게 잘 보이고 싶은 마음이었던 것 같았다.

그래서 그를 보며 한숨을 내쉰 민호.

"그럼 소주나 한잔 해요, 과장님. 그리고 다시는 이런 데 저 부르지 마세요."

# 홀릭
## HOLIC : 그의 직장 성공기

### 65회. 베일 벗은 스파이 1

직장인들의 가장 큰 친구이자 적은 바로 술!

민호는 특히 구인기 과장과 술자리를 한 경험이 있었다.

쪼르르륵.

소주가 잔에 4분의 3을 채웠을 때 나는 소리와 함께, 바로 잔을 드는 구 과장.

같이 잔을 든 민호가 그의 얼굴을 바라보자 왕점이 뚜렷하게 눈에 들어왔다.

"자, 위하여!"

"감사합니다."

쨍. 하고 가볍게 마주치고 나서 서로의 입으로 향한 잔.

그런데 민호는 그것을 다 비우지 않았다.

맨정신을 유지하고 싶었다.

"이제 우리 회사에서 김민호 대리를 빼면, 앙꼬 없는 찐빵이야. 안 그래?"

"과찬이십니다."

"아냐, 아냐. 그리고 아까 그 일은 정말 미안해. 내가 접대 문화에 너무 길들어 있었나 봐."

"......"

이번 그의 사과에 대해서는 아무 말 하지 않는 민호.

가끔 그와 구 과장 사이에는 위아래가 역전된 느낌이 들었다.

물론 처음에는 그렇지 않았다.

하지만 대세가 확실히 민호라는 생각이 들자, 구 과장은 저자세로 일관했다.

지금도 살짝 기분 나쁠법한데, 그는 웃으며 이렇게 말했다.

"늘 그렇지만, 자네의 그 자신감과 패기가 부러워. 나도 젊었을 때는 그랬는데 말이야."

"아닙니다. 저는 과장님의 융통성을 배워야 한다고 생각합니다. 가끔 제가 너무 고집이 세고, 제 잘난 맛에 살아서요."

"에이, 그런 말을? 절대 그렇게 생각하지 않아. 그리고 잘난 사람이 잘났다고 하는데, 뭐가 걱정이야. 하하하."

민호의 말은 그냥 하는 말이 아니다.

실제 자신은 아직 융통성이 많이 부족하다고 생각했다.

가끔은 사람 다루는 면에서 너무 세게 나가거나, 이기려고만 한다는 점.

신주호 차장은 늘 그에게 말했다.

그것을 벗어 던져야 더 크게 될 거라는 말을 들었다.

그렇다고 지금 구 과장과 같은 모습이 되라는 의미가 아니었다.

팔색조! 때와 상황, 그리고 사람에 맞출 수 있어야 한다는 뜻이었다.

어쨌든, 주거니 받거니 술을 하면서 민호는 약간 취기가 돌았고….

술자리를 파하고, 집에 왔을 때에는 열두 시가 넘었다.

다음날 일어나니 숙취가 장난이 아니라서, 고개를 흔들 수밖에 없었다.

그래도 필름이 끊기거나, 만취해서 횡설수설할 정도까지는 먹지 않았다.

머리가 좋아지기 시작하면서부터 느끼는 거지만, 술 마실 때 점점 자제력이 생겼다.

회사에 출근하자마자 홍보팀에서 그를 찾아왔다.

박규연 과장이었다.

지금 생각해보니 어제 그녀에게 너무 심하게 한 것 같아서 살짝 미안했다.

"죄송합니다. 어제는 제가 업무에 시달려서."

"아니에요. 괜찮아요."

규연은 그의 사과에 손사래를 저으며 말했다.

그러고 나서 어제 하지 못한 인터뷰를 요청했다.

이번에는 민호가 성실하게 답변했다.

규연은 오늘 그가 시크한 모습을 던지고 친절하게 자신의 질문에 응대하자 기분이 좋았다.

그래서 인터뷰를 다 마친 후에,

"사실 인기투표 1위가 아무것도 아닌 거 같은데, 1년 동안 사내 모델로 활동하면, 회사에서 모델료가 나와요. 그리고 이거…."

라고 말하며 작은 명함 비슷하게 생긴 것을 주었다.

민호는 열 장 정도 되는 그것들을 받아 들었다.

자세히 보니 이렇게 쓰여있었다.

– 여직원의 힘! 쿠폰.

"이게 뭡니까?"

"언제라도 저희 여직원의 힘이 필요할 때 사용할 수 있는 쿠폰이에요."

"아…."

"원래 작년에는 데이트권을 줬어요. 남녀 1등에게 각각… 그래서 서로 마음에 들면…."

여기까지 말하고, 그녀는 말을 중단했다.

실수한 것 같다는 생각이 들었기 때문이다.

"하하. 괜찮습니다. 다 알고 있으니까요."

"아, 그래도… 어쨌든 그 쿠폰 유용하게 사용하세요."

그녀는 쿠폰을 남기고 떠났고, 민호는 예전에 유미가 한 말을 잠시 떠올렸다.

작년에는 종섭과 유미가 남녀 인기 사원 1위를 했었기에 받은 상품이 데이트권이라고 들었다.

그걸로 마음에 드는 남자나 여자 한 명을 강제로 선택해서 데이트할 수 있었는데, 유미는 그 권한을 포기했고, 종섭은 놀랍게도 유미를 선택했다고 한다.

주변에서는 선남선녀라고 맺어주려고 했었고, 그러다가 둘이 교제한 거였는데….

지금 그녀는 자신의 짝이다.

천생연분을 믿는 민호는 그녀의 과거는 아무렇지도 않았다.

사실 종섭과 유미 사이에는 크게 별일도 없었기에, 오히려 자신과 유미가 사귀게 된 계기를 만들어 준 종섭에게 고마워해야 할지도 몰랐다.

이 생각에 웃음이 저절로 번지는 민호.

쿠폰을 들고 자신도 모르게 혼잣말을 했다.

"나중에 쓸 일이 있을까?"

그는 고개를 저었다. 여직원의 힘을 무시하는 것은 아니지만, 자신에게 유용한 쿠폰은 아니라고 생각했다.

그래도 혹시 몰라 데스크 서랍 속에 잘 보관해둔 민호.

이제는 오늘의 업무가 그를 기다리고 있었다.

퇴근 시간이 되었을 때, 이번에는 재권이 그에게 눈짓했다.

그것을 보고 오늘도 또 유미와 데이트를 할 수 없을 예감에 사로잡혔다.

어제는 구인기 과장과 술을 마시느라.

그리고 오늘은 다시 재권이 그를 찜하느라.

유미에게 미안해서 문자를 하니, 곧 답변이 왔다.

– 걱정하지 말고, 재밌게 보내~

마지막에는 하트가 찍혀 있었다.

그렇게 해서 또 술자리가 잡혔다.

그리고 그 술자리에서 재권은 민호에게 작심한 듯 이렇게 말했다.

"아무리 생각해봐도 네가 이번엔 틀린 거 같아."

종섭의 이야기를 하고 있었다.

신경 안 쓴다면서, 다시 관심을 기울이는 재권의 모습에 민호는 쓴웃음을 지으며 이렇게 말했다.

"저도 사실 제가 틀리기 바라고 있습니다. 뭐, 이 과장이 저랑 맞는 사람은 아니지만, 회사에 이익을 증대해주는데… 굳이 그가 나가서 좋을 건 없지 않습니까?"

"그렇지."

"그러니까 더 철저히 대비해야 할 것 같습니다. 소 잃고 외양간 짓느니 먼저 짓고 나가지 않게 하는 건… 형님이 하셔야죠."

"음……."

모두 옳은 말이기는 하나 자신은 없는 표정으로 재권은 턱을 만지고 있다.

그래서 민호는 걱정스러운 말투로 다시 한 번 말했다.

"그럼 일단 이거 하나만 지켜주십시오."

"뭔데?"

"최근에 어색하신 거 알고 계시죠?"

"응?"

약간 찔리는 듯한 말투로 반문하는 재권.

그의 얼굴에는 무슨 소리 하는 거냐며 민호에게 아무것도 모른다는 표정을 지었다.

"이종섭이한테는 이쪽이 알고 있다는 것을 철저히 속여야 합니다. 분명 스파이 노릇이라도 할 게 분명하니, 결정적인 증거를 잡기 전까지는 형님이 절대 내색하지 않으시면 됩니다."

"그거야… 어렵지 않지."

말은 그렇게 하지만, 그 자신도 확신할 수 없었다.

연기력은 꽝이었다.

차라리 안 부딪히는 게 제일 나은 방법이다.

그런데 그것도 같은 사무실에서 일하기에 보지 않을 수도 없으니, 시선을 마주치지 않는 방법을 사용했다.

민호가 재권의 태도를 보니 그나마 노력하는 게 보였다.

물론 언제라도 티가 날 수 있다. 그게 문제다.

안재현은 좀처럼 웃지 않는다.

웃는다 해도 그것은 비웃음 정도일 뿐이다.

그런데 그가 가장 웃지 않는 때는 자신의 아버지를 마주하고 있는 때였다.

물론 지금은 웃을 수 없는 상황이었다.

안판석 회장의 상태가 악화하고 있으니까.

하지만 누워있는 아버지를 보는 아들의 눈빛은 냉정하기 짝이 없었다.

그는 방금 의사를 만나고 왔다.

– 길어야 한 달입니다.

주치의가 한 말이다. 그런데 그는 그 기간이 마음에 들지 않았다.

사실 안판석 회장이 아직 꺼져가는 불꽃을 잡고 있어서, 하고 싶은 일을 못 하고 있다고 생각했다.

자신에게 충성한다고 말했던 아버지의 가신들이 아직은 미덥지 못했다.

아니 실제로는 자신이 아닌 아버지에게 충성한다는 것을 잘 알고 있었다.

그렇지 않고서야 계열 분리를 격렬하게 반대할 리가 없었다.

그렇다.

그들이 계열 분리를 반대하는 통에, 먼저 자신의 동생들에게 당하게 생겼다.

짜증이 난다.

특히나 그 첩의 자식 놈이 계열 분리를 먼저 선언하면, 지금 반대하는 임원들은 다 잘라 버릴 생각이었다.

대신 방용현 등, 자신의 추종 세력으로 다 갈아엎으리라.

수면을 취하고 있는 아버지를 바라보며 그의 눈은 계속 시시각각으로 변했다.

병원을 나왔을 때, 그의 비서 신지석과 방용현이 그를 기다리고 있었다.

"방 대표, 팜유는 잘 진행되고 있나요?"

"네, 잘 진행되고 있습니다. 부회장님의 선견지명이 아니었다면, 팜유 때문에 고생 많았을 겁니다."

이제 새로운 자회사의 대표가 된 방용현은 안재현의 질문에 비굴한 웃음을 지으며 대답했다.

안재현은 지난번 팜유에 대한 사전 정보를 들은 후에 재빨리 움직였다.

물건값을 먼저 치르고 난 후에 나중에 물건을 받는 거래.

이유는 제대로 된 무역상사를 만들고 나서 일을 진행하려고 했기 때문이다.

이제 때가 되어 팜유를 전달받았고, 식품 계열사에서 라면을 만드는 일은 큰 문제가 없을 것이다.

"사람은요?"

"그 부분이 좀… 급한 대로 해외법인 쪽에서 사람을 받아야 할 것 같아서요. 그래서 부회장님께 허락을 구하러 왔습니다."

"알아서 진행하세요."

"네, 그럼."

사람과 오래 대면하는 것을 좋아하지 않는 안재현이었다.

그것을 알고 방용현은 재빨리 고개 숙이며 퇴장했다.

그의 뒷모습을 보며 시선을 돌린 재현.

이번엔 신지석 차례였다.

요즘 그는 제 몫을 해내고 있었다.

방용현 전무와 그 라인을 제외하고 거의 한 명도 섭외하지 못했다는 이야기에 최근 화가 나 있었는데, 저번에 드디어 중요 인물 하나를 포섭했다.

더군다나 매일 새로운 소식을 갱신하고 있었다.

오늘도 마찬가지, 신지석은 창조영업부에서 일어난 일을 읊었다.

"A&K와 잘도 붙어먹는군. 그런데 공사 진행이 왜 이렇게 빨라?"

"건설 쪽에서 신경을 많이 쓴 모양입니다."

"유민승 이 겁쟁이 녀석이…."

안재현은 독사의 눈을 빛내며 건설의 유민승을 욕했다.

그는 피가 안 섞인 친척은 친척도 아니라고 생각했다.

그의 귀에 계속해서 신지석의 보고가 들어왔다.

"다른 건 별로 없었습니다. 인기투표에서 김민호가 1등을 했다는 것 정도인데…."

아무리 쓸데없는 정보라도 챙겨 듣는 안재현이었다.

한 마디로 빈틈없는 걸 매우 좋아했다.

자신의 부하직원에게도, 그리고 자신에게도 말이다.

"그런데 말이야… 첩자는 혹시 마음 바뀌는 거 아닌지, 계속 체크하고 있지?"

"물론입니다. 완전히 협조한다고 했습니다. 최근 개인적으로 안 좋은 일이 있어서 완전히 우리 쪽으로 돌아섰으니까요."

"좋아, 잘했어."

칭찬에 인색한 재현의 미소를 보자 신지석 비서는 기분이 좋았다.

그래서 나가면서 그 사람에게 전화를 걸었다.

(여보세요?)

"앞으로 이 전화번호를 사용하면 됩니다. 그거 말씀드리려고요. 제 전화로는 하지 마세요."

(알겠습니다. 죄송하지만, 잠시 회의가 있어서… 들어가 봐야 합니다.)

"회의요? 그럼 그 내용 좀 전달해주실 수 있죠?"

(녹음까지는 힘듭니다. 저도 증거가 남는 건 좀 그래

서….)

신지석은 그가 무슨 소리를 하는지 대번에 알아들었다.

이쪽으로 넘어오기는 했지만, 그래도 증거를 남길 경우 나중에 법적인 문제에 휘말릴 수가 있다.

당연히 음성 녹취나 서류 등 증거가 될 자료보다는 다른 방법을 이용하고 싶어한다는 말이었다.

"알겠습니다. 그럼 어떤 방법으로 알려주시려고요?"

(직접 만나는 게 가장 확실한 방법입니다.)

"좋습니다. 저도 그렇게 하겠습니다."

(그럼 이만.)

# 홀릭
## HOLIC : 그의 직장 성공기

### 66회. 베일 벗은 스파이 2

신지석과 전화통화를 한 사람은 통화종료 버튼을 눌렀다.

그리고 회의실로 들어갔다.

다른 사람들도 자리를 차지하고 앉았다.

재권이 주재하는 창조 영업부 회의는 예전 나 부장 때와
는 완전히 달랐다.

그는 주장하기보다는 의견을 듣는 스타일이었다.

그래서 여느 때처럼 오늘도 사람들의 눈을 바라보다
가…

시선을 돌렸다. 종섭의 눈을 바라보기 일보 직전에 말이
다.

그러면서 민호를 보기 시작했다.

'비밀 유지하기가 힘든 사람.'

민호는 속으로 그렇게 생각했다.

그에게 이종섭이 안재현 쪽으로 마음을 돌렸으며, 스파이 행위를 하는 것 같다는 말을 했는데….

어쩌면 이건 민호의 실수일지도 몰랐다.

그때 갑자기 종섭이 입을 열었다.

"따끈따끈한 소식 하나가 있는데… 말씀드려도 됩니까?"

"응? 뭐… 뭔데?"

재권은 살짝 당황하며 종섭에게 말했다.

슬슬 티가 나기 시작했다. 어색한 표정과 당황하는 말투.

그래도 종섭은 전혀 눈치 못 챈 것처럼 웃었다.

지금 그의 눈에는 새로운 기획안에 대한 야망이 불타있는 것 같았다.

"며칠 동안 계속 알아봤습니다. 어쩌면 곧 언론에 발표될 텐데…."

종섭은 의기양양하게 주변을 바라보았다.

한 번 더 뜸을 들이는 것이었다. 특히 마지막에 그의 시선은 민호에게 닿아있었다.

"시내 면세점 이야기입니다. A&K가 또 한 번 도움만 준다면, 우리가 사업권을 따낼 수 있을 것 같아서요."

"……!"

"……!"

자리한 모든 사람의 얼굴에 느낌표가 찍혔다.

시내 면세점은 연간 매출액이 수천억 원에 해당하는 노른자 비즈니스다.

감탄하는 얼굴이 될 수밖에 없었다.

심지어 민호마저도 이건 인정해야 한다는 표정으로 종섭을 바라보았다.

최근 여러 사업적인 부분에 문을 두드리더니 드디어 좋은 기획안이 나왔다.

다만 재권은 그 저의를 의심했다. 분명히 이건 회사에 도움이 되는 제안인데….

종섭이 스파이라고 확신한 상황에서 의중을 알아채기 힘들었다.

순간 터져 나온 박수에 깜짝 놀랐다.

짝짝짝짝….

"이야, 이거 이 과장… 역시야. 정말 역시라고. 하하하."

회의시간에 많이 보던 정경이었다.

구인기 과장이 종섭을 칭찬하며, 우호적인 말을 내뱉는 것.

그래도 최근에는 매우 드물었다.

대세를 아는 구 과장이 민호와 재권에게 붙었기 때문이다.

하지만 얼굴에 있는 왕 점의 크기만큼이나 눈치 빠르로 조직사회에 적응한 구 과장이다.

재권과 민호의 얼굴에 떠오른 놀라운 기색을 보며, 이번에 종섭의 기획안을 '엑셀런트' 급이라고 직감했다.

물론 그가 종섭을 칭찬하고 나선 게 다시 민호와 재권에게 등을 돌렸다는 이야기는 아니었다.

오히려 그 반대였다.

회의가 끝나고 유리 회의실에 남아있는 재권과 민호.

당연히 이게 어찌 된 일인지 상의하기 위해서였다.

원래 창조영업부의 다른 사람들은 어련히 이들이 이야기를 나누겠거니 하면서 자리를 피해주는 게 관례였다.

하고 싶은 이야기를 마음껏 하라는 듯이.

그런데 구 과장이 나가지 않고 버텼다.

그러자 재권이 의문을 품은 눈으로 그에게 물었다.

"무슨 할 말 있습니까?"

"그게… 저…."

구 과장은 재권의 눈치를 보다가 민호와 시선을 교환했다.

민호는 고개를 좌우로 저으며 말을 꺼냈다.

"지금 여기서는 안 됩니다. 나중에… 아, 그냥 오늘 저녁 어떻습니까? 구 과장님 술 좋아하시는데… 형님, 오늘 말입니다. 같이 술 한잔 할까요?"

"응? 응… 그래, 그래."

재권은 민호가 그렇게 말하자, 뭔가 있다고 생각했다.

사실 약간 자책감이 그를 지배했다.

티를 안 낸다고 생각하면 생각할수록 말과 행동이 어색해져만 갔다.

그러다가 종섭이 가지고 온 사업 아이템.

누가 봐도 올해 종섭의 역작이었다.

머릿속에 혼란이 왔다. 그가 진짜 스파이인지 아닌지에 대해서.

그것을 상의하기 위해서 민호와 함께 유리회의실에 남았건만….

'형님, 회사 내에서는 이제, 그만 이야기해야 할 것 같아요….'

민호의 눈빛은 자신을 책망하듯이 그렇게 말하는 것 같았다.

사실 민호가 책망해도 할 말은 없었다.

아까 그 부자연스러운 말투와 움직임, 시선 처리 등은 입이 열 개나 있어도 할 말이 없는 치명적인 행동이었으니까.

그나마 종섭이 눈치 못 챈 게 다행이었다.

유리 밖에서 무언가 고무된 듯 열심히 일하고 있는 종섭이 남은 사람들의 눈에 비쳤다.

✤

퇴근 후에 민호와 재권은 자신들이 자주 가는 바에 새로운 인물을 들여놓았다.

그게 바로 구인기 과장이었다.

그와 이야기하다 보면 자꾸 시선이 그의 왕 점에 가게 된다.

지금도 인사하는 모습에서 시선 처리하느라 쉽지 않았다.

"안 부장님. 하하하. 영광입니다. 이런 자리에 제가 낄 수 있다니. 하하하."

'하하하' 웃음은 구 과장의 전매특허.

윗사람에게 호감을 보이려고 하는 것 같았다.

"아닙니다. 영광이라니요? 그동안 바쁘다는 핑계로, 제대로 회식 한 번 해보지 못했네요. 제가 아직 너무 미숙합니다."

"미숙하시다니요? 정말 그런 말씀 하지 말아 주세요. 제가 봤을 때에는… 안 회장님이 젊었을 때, 부장님 같지 않았을까? 이런 생각이 듭니다. 대단하세요. 역시 호랑이는 호랑이를 낳는가 봅니다. 하하하."

상대방의 기분을 맞출 줄 아는 것도 그의 전매특허 중 하나였다.

물론 민호의 눈에는 전형적인 아부기질로 보였다.

하지만 얼마 전에 그와 술 마실 때 들은 이야기를 절대 무시할 수 없었기에 그를 부른 것이다.

더구나 오늘은 결정적인 증거까지 확보했다고 말했다.

당시 그는 그것을 끝까지 숨기며, 민호에게 부탁했다.

재권과 자리 한 번 마련해 달라고.

그래서 이 자리가 만들어지게 된 것이다.

일단 민호 역시 그게 뭔지 상당히 궁금했다.

그런데 그렇게 오래 기다리지 않아도 되는 일이었다.

앞자마자 자신의 전공(戰功)을 빨리 말하고 싶은 맘에 구 과장이 바로 스마트 폰을 꺼낸 것이다.

"이건…."

"늘 저를 지켜보셔서 잘 아시겠지만, 전 확실한 거 아니면 말 안 하는 성격입니다. 일단 먼저 보시고… 그러고 나서 제 말을 들어주십시오."

구 과장이 평소와는 다르게 아주 진지한 표정으로 스마트폰을 재권에게 넘겼다.

그것을 건네받은 재권의 눈이 흔들렸다.

스마트폰으로 찍은 사진에는 아주 명확하게 누군가가 안재현의 비서인 신지석과 만나는 모습이 들어있었기에.

그 누군가는 바로….

"이종섭 과장이…."

"그렇습니다. 저도 우연히 찍은 겁니다. 저랑 동선이 겹치는 거래처 한 곳이 있었는데, 거기 가다가 안재현 부회장 비서랑 만나더라고요. 위험을 무릅썼죠. 이걸 찍어서 반드시 안 부장님께 보여드려야 한다는 신념으로…."

떠버리처럼 떠들어대는 구 과장의 말이 들리지 않았다.

그만큼 재권이 받은 충격은 적지 않았기에.

하지만 민호는 그를 재빨리 정신적으로 일으켜야 한다고 생각했다.

"제가 말씀드렸잖아요. 그러니까… 일단 계속 부탁인데, 티 좀 내지 마세요, 형님! 아까 회의시간에도 그게 뭡니까? 좀만 있으면 알아챘다고요."

"그… 그래. 하아…."

한숨을 내쉬는 재권은 허공에 초점을 모았다.

그러면서 이렇게 한탄하듯이 말했다.

"차라리 출장을 갈까? 미국 A&K 본사와 해야 할 업무 협약 하나가 걸려 있는데?"

"그건 나 이사님이 가시기로 했지 않습니까? 그냥 정면으로 부딪치세요. 이번에는 이겨내는 겁니다."

말은 그렇게 했지만, 재권이 이겨내리라는 보장은 없었다.

더군다나 재권의 입에서 이런 말도 흘러나왔다.

"난 정말… 이해가 안 가. 아니 이종섭이가 아까 그 이야기도 했잖아. 면세점 사업권! 작은 것도 아니고, 엄청난 이익이 담겨 있는 기획안인데… 재현이 형한테 붙어먹을 사람이 어째서 상사에 좋은 일을 하는 거지?"

"면세점 사업권을 우리가 이미 따낸 겁니까? 아니잖아요. 아니 시작도 안 했습니다. 이 과장 입장에서는 지금 뭔가를 보여줘야 하는 시기입니다. 저번에도 말씀드렸지만,

그래서 더 의심된다고… 요즘 열심히 하는 것만 봐도 대충
전 알 수 있었어요. 그렇게 해야 자신이 스파이는 아니라고
주장하는 거죠."

"굳이 그럴 필요가 있어? 우리가 그동안 의심하는 내색
도 안 했는데?"

"이종섭이 머리를 우습게 보다가는 큰일 납니다. 사장님
딸이랑 헤어졌답니다. 그럼 그가 제일 먼저 의심받을 수 있
지 않습니까?"

민호의 주장에 저절로 고개가 끄덕여졌다.

거기다가 다음날 확실히 회사에 스파이가 있다는 증거가
나왔다.

그것도 창조영업부에!

조간신문에 아주 멋진, 하지만 대상에 따라서는 기분이
나쁠 수 있는 타이틀이 붙었다.

- 시내면세점을 두고 L&S가(家)의 전운이 감돌다.

내용은 L&S 본사와 상사 두 곳에서 사업권을 획득하기
위해 입찰할 거라는 내용이 담겨 있었다.

같은 그룹에서 본사와 자회사의 충돌. 있을 수 없는 일이
다. 사이가 좋지 않다는 게 대중에게 알려졌다.

더군다나 전적으로 자금력이 있는 본사에 유리할 것이
며, 이번 싸움으로 상사는 도덕적으로 큰 타격을 입을 거라
는 기사가 펼쳐졌다.

이 기사를 처음 접해서 모두 멍해 있는데, 방귀 뀐 놈이

성낸다더니 출근하자마자 종섭이 사무실에서 소리를 질렀다.

"이게 어떻게 새어나간 겁니까?"

종섭의 시선은 재권을 보고 있었다. 해결해 달라는 표정을 가득 담아서.

하지만 어제 민호가 단단히 일러서였을까? 아니면 가증스러운 종섭에 환멸을 느껴서였을까?

재권은 냉담한 표정으로 이렇게 말했다.

"누군가 일부러 밖으로 내돌렸겠지."

"뭐라고요? 그게 지금⋯."

"그 누구를 이제부터 찾을 거니까, 나 건드리지 마."

"⋯⋯."

재권으로서는 회사에서 처음으로 사람에게 기분 나쁜 표정과 말투를 내보낸 상황.

늘 웃던 순둥이 이미지였는데⋯.

그래서 민호가 고개를 저었다.

이건 대놓고 종섭에게 스파이라고 말한 것이다.

한숨을 쉬며 사무실을 나가 비상구를 향했다.

문을 열고 들어가 앉았는데, 뒤따라온 사람이 있었다.

민호의 표정이 바뀌었다.

조금 전 고민을 가득 안은 표정에서, 지금은 무언가 성공했다는 쾌감이 얼굴에 번져 있었다.

그리고 뒤따라온 사람⋯.

민호는 종섭을 보면서 웃었다.

원래는 절대 친하게 지내고 싶지 않은 이였는데, 이번에 첩자색출을 위해서 잠시 손을 잡았다.

"아까 표정 봤어? 확실히 구 과장이야."

라는 종섭의 말에,

"그러게요. 구 과장이 범인이었네요. 제가 감정에 치우쳐 이 과장님한테 연락 안 했다면… 저도 속을 뻔했습니다."

민호는 고개를 끄덕였다. 그리고 강렬한 눈빛으로 말을 이어갔다.

"휴우, 구 과장님이라…이제 범인을 알았으니…."

"역이용해야지."

잠시 끊긴 민호의 마지막 말은 종섭이가 대신했다.

HOLIC : 그의 직장 성공기

## 67회. 역공의 시작

L&S 그룹 예비 총수 안재현의 오늘 아침은 어제의 아침
과는 매우 달랐다.

어제까지만 해도 기분이 나쁘지 않았다.

자신의 계획대로 모든 게 이루어지는 것 같아서.

하지만 오늘 아침 조간신문 봤을 때, 그의 얼굴은 똥 씹
은 표정으로 변했다.

ㅡ 시내면세점을 두고 L&S가(家)의 전운이 감돌다.

왕자의 난이니, 형제의 전쟁이니 하는 말 따위는 예전부
터 맘에 안 드는 말이었다.

정 그 말을 쓴다면, 그 대상은 자신과 첩의 자식이 아니
어야 했다.

최소한 한 배에서 난 자신의 여동생들이면 상관이 없는데….

그 천한 것과 싸움이라니! 감히 누구와 누구를 비교하는 걸까?

그런데다가 시내면세점이라는 민감한 정보를 신문사에서 어떻게 캐치해냈는지, 그 경위가 매우 궁금했다.

당연히 자신의 비서 신지석을 호출할 수밖에 없었다.

"이게 어떻게 언론에 새어나간 거야? 정보 관리를 어떻게 한 거야?"

"그게… 저희 쪽은 아닌 거 같습니다."

"말이 돼? 그럼 어떻게 알았는데? 설마 상사 쪽에서, 그 첩의 자식놈이 있는 창조영업부에서만 나온 이야기인데…."

"……."

지석은 더 변명하지 않았다. 어차피 여기서 토를 달면 잔소리가 길어진다. 그리고 재현의 잔소리는 거의 폭군 수준이었다.

알아보겠다고 말하는 게 최고의 방법이다.

물론 알아볼 수 있는 루트는 당연히 구 과장밖에 없었고.

그래서 전화를 돌렸다.

(여보세요? 잠시만요….)

전화를 받은 사람의 발걸음 소리가 스마트폰을 타고 들어왔다.

어디론가 이동하는 것 같았다.

끼익, 하고 문이 열리는 소리.

그 후에 그 사람은 나지막하게 말했다.

(네, 말씀하십시오.)

"신문 보셨습니까?"

(네, 저도 황당했습니다. 이게… 창조영업부에서만 다루어진 사안입니다. 아직 위에서도 모르는 일인데….)

"그러니까요. 저 방금 부회장님께 엄청나게 당했습니다. 이런 경우 정확한 경위를 알려드려야 직성이 풀리는 분입니다."

(네? 네, 네. 최선을 다해서 알아보겠습니다.)

구인기는 전화를 받기 위해서 옥상으로 올라왔다.

생각보다 짧은 통화 내용이었기에 약간 허탈했지만, 그 내용이 전하는 바는 절대 가볍지 않았다.

배신을 선택했을 때에는 성과를 내야 하니까.

하다못해, 적장의 수급은 아니더라도 보급 루트는 전달해야 한다. 그게 진영을 바꾼 배신자의 할 일이었다.

그는 '휴우' 하고 한숨을 내쉬었다.

이게 올바른 선택이었을까?

잠시 의문이 들었지만, 다시 눈빛을 가다듬었다.

그때.

"구 과장님?"

"……!"

속으로 화들짝 놀랐다. 지금 그가 있는 곳은 옥상. 누가 올라오는 소리를 듣지 못했기에 원래 있던 사람이어야 하는데….

"어? 김 대리? 여기서 뭐 해?"

"아, 네. 약간 답답할 때면 저 옥상에 올라오거든요."

"아…."

구인기 과장은 잠시 민호의 얼굴을 살폈다. 혹시나 방금 통화내용을 그가 들었을지.

등에는 땀이 흘러내리고 있었다.

"흠. 흠. 아까 말이야."

"네?"

"혹시 전화 통화 있잖아."

"전화요? 저 방금 왔는데. 왜요? 무슨 일 있어요?"

그가 그렇게 말하자 구 과장은 문 쪽을 바라보았다.

아까 급한 마음에 문을 닫고 오지 않았다고 생각했다.

마음속으로 더 주의하지 않으면 안 되겠다고 여긴 그는 일단 빨리 둘러대려고,

"응? 아, 아니. 하하하. 자네도 알다시피… 요즘 내가 이혼 소송 중이잖아. 그것 때문에 통화 좀 했어."

호들갑스럽게 자신의 개인 신상을 이야기했다.

"아…, 과장님 프라이버시인데 제가 들었다면 일부러 부르지도 않았죠."

"아냐, 아냐. 우리는 이제 형제와 같은 사람인데. 안 그

런가? 아하하하하."

저 웃음이 호탕하다고 생각하나 보다.

늘 저렇게 웃으니 말이다. 원래 이 웃음을 보고 민호는 같이 웃어주지 않는데, 지금은 달랐다.

살짝 미소를 지으며 반겼다.

사실 지난번 술 마실 때 민호는 그에게 그의 가정사를 들었다. 성격 차이로 이혼하게 되었다는 이야기. 그 아픔을 참고 일하는 게 쉽지 않았다고 말했다.

구 과장은 잠시 한숨을 쉬며 말을 이어갔다.

"휴우, 자네도 연애하는 거 같은데… 결혼은 말이야. 정말 신중해야 한다고."

"……."

"앗, 미안, 미안. 하하. 나 혼자 감상에 젖어서 이상한 조언을 했구먼. 하하하."

"아닙니다. 새겨듣겠습니다. 그보다 이번에 시내 면세점 건 말입니다."

시내면세점이라는 말. 구인기에게는 이처럼 자극적인 말이 또 없었다.

전공을 세우기에 아주 안성맞춤인 그 말이 민호의 입에서 나오자 침을 꿀꺽 삼키며 귀를 기울였다.

"이종섭 과장이 분명히 저쪽 끄나풀인 거 같은데…."

"그… 그렇지, 그렇지. 그런데?"

"역이용하는 건 어떻습니까?"

아무도 없는 것을 확인했는데도 민호의 목소리가 나직해졌다.

때로는 목소리가 분위기를 이끄는 법.

구 과장의 집중력이 한껏 높아져 갔다.

꿀꺽. 아주 중요한 시점이다. 그래서 자신도 모르게 침이 고이고, 그게 목을 타고 넘어가 상대에게 긴장하는 것으로 보일 것만 같았다.

"역이용이라… 어떻게?"

"결국, 나중에 본사와 우리가 싸우게 되겠죠. 물론 다른 곳도 있겠지만, 안재현 부회장은 본사가 이기거나, 최소한 같이 안 되기를 바랄 겁니다. 그럼 분명히 이종섭에게 입찰액을 물어보게 될 텐데…."

"그… 그렇지. 입찰액을 물어보겠지."

"그걸 속이면 됩니다. 저희끼리는 알고요. 어떻습니까?"

구 과장의 고갯짓이 더 크게 아래위로 흔들렸다.

그것을 보며 민호는 속으로 웃었다.

속고 속이는 게임. 구 과장과 안재현은 이제 그의 그물에 걸려들었다고 생각했다.

물론 구 과장의 눈빛을 보면 다른 이야기를 하고 있었다.

'고마워, 김 대리. 정말로. 내가 공을 세울 기회를 줘서.'

'아닙니다. 부디 빨리 제가 말씀드린 것을 안재현에에

전달 좀 해주십시오.'

눈빛으로 하는 대화. 민호가 질 수 없지 않은가.

다만 입 밖으로 나오는 이야기는 완전히 달랐다.

"이야, 역시 김 대리야! 내가 일해서 우리 김민호 대리님을 좋아한다고! 하하하."

"아이고, 구 과장님 왜 이러십니까? 김민호 대리 '님' 이라니요? 사실 이번에는 과장님이 결정적인 증거를 알려주셨기 때문에 할 수 있는 일이죠. 저야말로 늘 고맙습니다. 하하하."

옥상에서 내려와 민호는 사무실로 들렸다.

여전히 그곳에는 재권이 종섭을 주시하고 있었다.

재권을 속이는 게 약간 죄책감이 들었지만, 어쩔 수 없었다.

사실 민호 자신도 많이 희생했다.

종섭을 싫어하는 마음을 누르고 손까지 잡았으니 말이다.

더 큰 적을 이기기 위해서는 이래야만 한다고 생각했다.

일단 여전히 안 보는 척 흘깃 종섭을 쳐다보고 있는 재권에게 나직한 목소리로 인사하는 민호.

"저 외근 갔다 오겠습니다."

"응? 응. 그래. 고생해."

그는 살짝 찔린듯한 눈을 민호에게 보여주었다.

그렇게 티 나게 행동하지 말라고 했는데, 자신도 모르게 또 하고 있는 걸 민호에게 발각당한 것이다.

재권은 재빨리 민호의 시선을 피해 자신의 눈을 컴퓨터 화면에 고정시켰다.

그 모습을 보고 민호는 쓴웃음을 지었다.

사실 양심의 가책을 받을 사람은 자신인데….

그의 저 성격을 이용해서 구 과장을 완벽하게 옭아매려고 한 게 민호 자신이었다는 것을 알면 어떤 표정을 지을까?

그래도 어쩔 수 없는 일이다.

취이이이익.

주차장에 내려와 차에 시동을 걸면서 그에 대한 미안함을 바로 날려버렸다.

그가 향하는 곳은 종로.

예전에 보았던 한옥에 도착해서 안에 들어갔다.

들어가자마자 자신을 째려보는 종로 큰 손의 눈길을 느끼며, 그는 속으로 웃었다.

일부러 저런다는 것을 잘 알고 있었다.

"왜 왔냐? 꼴 보기 싫은 얼굴 보면 아침 먹은 게 소화 안 되는데."

"어? 그래요? 우리 집에 매실청 있는데. 그거 나중에 가져다 드릴게요. 아, 저는 고맙다는 인사 하러 왔습니다. 선물도 가지고 왔고요. 연양갱 좋아하시잖아요. 저번에 공짜로 못 드려서 이번에는 꽤 많이 사 가지고 왔어요."

이것도 말에 어폐가 있었다.

전에 병원에서 산 연양갱은 종로 큰 손을 위해서 산 것.

그래서 병실을 나올 때 놓고 왔으니, 사실 주고 온 것이나 마찬가지다.

엘리베이터를 타고 올라갈 때까지 그렇게 달라고 떼써도 안 준 걸 표현한 민호였다.

"그 간첩은 잡았냐? 뭔가 함정은 잔뜩 파 놓은 거 같은데."

"일단 두고 써먹으려고요. 큰 거 한 방 준비하고 있습니다."

"그래 봤자지. 네놈 힘으로는 무리야. 기껏해야 회장님 큰 자식 자존심이나 한번 건드리는 거 아니냐? 그리고 그렇게 하다가는 된통 당한다."

막말하는 것 같으면서도 걱정해주는 것을 느꼈다.

사실 그에게 고마운 점이 한둘이 아니었다.

이번에 구인기 과장의 뒷조사를 해준 것은 둘째 치고, 찌라시 공장까지 돌려가며 자신에게 협조해 주었다.

지금도 사실 자신에게 조언하고 있었다.

굳이 시내면세점으로 상대 뒤통수를 쳐봤자, 금전적인 이득은 크게 없다면서.

물론 그 점에 대해서는 민호도 동감한다.

하지만 이게 시작이라고 생각했다.

그가 생각한 계획이자 시나리오는 다음과 같았다.

첫째, 끝판왕의 자존심을 건드린다. 복수하려고 그는 무리수를 둔다.

둘째, 그럼 또 승리해서 자존심에 상처입힌다. 그의 무리수는 더 세진다. 그것을 차례차례 이겨서 조금씩 그가 가지고 있는 것을 무너트리기 시작한다.

마지막으로, 그의 모든 것을 싹 접수한다.

이를 위해서 동반자가 필요했다. 동반자란 많으면 많을수록 좋은 게 아니다.

원래는 재권이라고 생각했는데, 사실 지금은 보류다.

그를 동반자에서 제외한다는 이야기가 아니라, 좀 더 멘탈 강화를 시킨 후 동반자 관계에 완전히 끌어들인다는 이야기다.

그때까지는 종섭과 손을 잡을 수밖에 없었다.

어쨌든 종섭의 능력은 확실했으니까.

이번에 시내면세점 이야기는 민호가 아닌 종섭이 조사해서 알아왔다.

관세청 주관이기는 하지만, 종섭의 지인이 중소기업진흥청에서 일하고 있었는데, 그에게 이 사실을 넌지시 귀띔해 주고 갔다.

물론 그때 재권이 본 명함이 바로 그 지인의 것이었다.

그 이후로는….

"시내면세점에 대한 정보도 감사한 데요. 더 구체적으로 얻을 수 있으면 좋겠습니다."

이렇게 종로 큰 손의 찌라시 공장을 이용했다.

"와, 이 도둑놈 봐라. 고작 홍삼 회사 하나 주고, 엄청나게 얻어가려고 하는구나."

물론 공짜는 없었다. 그때 민호가 말한 홍삼 회사를 종로 큰 손이 접수했다.

케이티의 회사가 좀 비싼 값에 그 회사를 사들여야 하겠지만, 일단 그건 민호의 사정이 아니다.

"고작이라니요? 제가 봤을 때, 이번에 손 안 대고 크게 코 푸실 것 같은데."

"뭐, 뭐? 손 안 대고 뭐? 이 싸가지없는 놈이…."

"전 이제 일어나겠습니다. 자주 올 테니, 정보 좀 부탁해요. 하하하."

민호는 일어나면서 구인기 과장의 얼굴이 떠올랐다. 도박 빚이 만든 참사. 이사까지 해야 할 정도로 큰 문제가 생겼고, 이혼까지 맞이했다. 그래서 선택한 배신자의 길. 그 끝의 말로가 보였으니….

고개를 좌우로 젓는 그에게 문자 오는 소리가 들렸다.

종섭이었다. 퇴근 후에 보자는 내용이었다.

HOLIC : 그의 직장 성공기

## 68회. 콤플렉스 치료 1

민호를 떠나보내고 종로 큰 손은 자신의 딸을 맞이했다.

그녀는 A&K와 홍삼 회사를 협상하고 오는 중이었다.

큰 이윤을 남겼다는 말을 했을 때, 종로 큰 손의 머리에 민호가 새겨졌다.

그에게 틱틱거리기는 하지만, 종로 큰 손은 관심 없는 사람에게는 말도 붙이지 않는다.

오히려 그게 애정 표현이다. 그만큼 민호가 마음에 쏙 들었다는 뜻이었다.

그래서 자신의 딸에게 한 번 더 의향을 물어봤다.

"어떠냐? 아직도 별로냐?"

"전 김민호 씨가 별로라고 말한 적은 없어요. 당연히 미래 가치로 보자면 전도유망하죠. 하지만 전 현재 가치를 더 우선시해요."

큰 눈을 반짝이며 말하는 허유정. 결국은 민호에게 마음이 없다는 말을 에둘러 표현한 것이다.

그녀는 사실 민호를 제대로 만난 적이 없었다.

물론 첫 번째 만남에서 깊은 인상을 받기는 했지만, 그때 민호는 유미의 버프가 없었던 상태.

당연히 민호의 매력에 취해본 적이 없어서 이런 말을 하는 것일지도 몰랐다.

어쨌든 종로 큰 손은 그녀의 대답을 들은 후에 목소리에 안타까움을 섞었다.

"그래서 차라리 현재로 보면 안재권이가 낫다는 말이구나. 그놈이 머리가 나쁘지는 않지만, 어렸을 때 여기저기 눈치 보느라 자라서 줏대도 자신감도 없어."

"그러니까 괜찮죠."

"……!"

종로 큰 손의 눈이 커졌다. 그리고 고개를 좌우로 저었다.

"그런 생각이라면, 난 반대다. 네 맘대로 주무르고 휘두르려고 남자를 선택하겠다는 뜻이구나."

"아버지, 이제 우리도 숨어서 돈 버는 거… 그만해야 해요."

"누가 뭐래냐? 내가 말하는 건, 그런 마음으로 네 인생을 선택해서는 안 된다는 뜻이다."

"……."

종로 큰 손의 목소리가 점점 높아지자, 유정은 대답하지 않았다.

살짝 고개만 숙일 뿐.

일단 건강이 좋지 않은 그녀의 아버지였다.

지금은 굳이 크게 자신의 의견을 피력할 필요가 없다고 생각했다.

그래서 물러난 그녀.

"나중에 다시 이야기해요, 아버지. 전 또 가볼 데가 있어서…."

그녀가 나가고 나서 종로 큰 손의 눈이 어두워졌다.

자식 농사 잘 못 지었다고, 안판석 회장을 동정하던 그였는데.

잘못하면 자신이 그럴 수도 있다는 불길한 예감이 들었다.

✤

한편, 종섭은 민호에게 문자를 보낸 후에 병원으로 들어갔다.

중소기업청에 있는 지인과 만난 일은 꽤 잘 됐다.

아마 이 일이 자신의 진급을 보장해 줄 것으로 생각했다.

그는 민호가 싫었지만, 다른 한편으로는 그로 인해 얻은 이득이 꽤 많았다.

몇몇 사람이 오해하는데, 영서는 유미와 헤어진 후에 만났으니, 회사에서 가장 강한 권력자의 끈을 잡은 게 그 첫째였다.

역시 모든 사람이 또 오해하는 것이고, 일부러 오해하게 하도록 유도한 게 그와 영서의 이별 극이었다.

다툼은 몇 차례 있었다.

그러나 그뿐이었다.

그는 자신에게 온 기회를 이번에는 놓치지 않기 위해 최선을 다하리라 다짐했다.

민호를 만난 후에 얻은 두 번째 '개' 이득은 바로 누적되는 업무 성과였다.

해외영업 3팀에 있을 때에는, 민호가 여러 가지 일을 해내며 자신을 대리에서 과장보로 캐리 해 주었다.

그때 한 말, 재주는 곰이 부린다는 속담은 진심이었다.

그리고 그 이후에도 그는 A&K와의 업무 협약을 성사시키며, 자신의 과장 보에서 '보' 자를 탈락시켜주었다.

이제 차장으로 진급할 차례였는데, 그동안 민호 덕분에 많은 고과가 쌓였고, 지금 진행하고 있는 이 한 방으로 인해, 어쩌면 역사상 가장 빠른 진급을 계속 실행시킬 수 있을 것 같았다.

물론 민호에게 고맙지는 않았다.

그 싸가지 없고 교만한 성격.

아무리 사회생활이 일종의 정글이고, 그런 성격이 아니면 못 버틸지도 모른다지만, 그 녀석은 너무 심했다.

그리고 그 녀석의 정말 마음에 안 드는 점.

바로 그것 때문에 병원에 왔다.

일단 의사에게 한참을 설명듣고 나서 그는 물었다.

"부작용이 있다고 들었습니다."

"솔직히 말씀드리면, 완벽한 시술이란 없습니다. 그 위험성을 없애기 위해서는 재료의 차이가 가장 중요한 거죠. 그래서 좀 비싸긴 하지만, 자가 진피를 추천해 드리는 겁니다."

"알겠습니다. 좀 더 고민해보고 오겠습니다."

종섭은 병원을 나오면서 다시 한 번 뒤를 돌아다보았다.

병원 간판에 쓰여있는 문구가 다시 한 번 눈에 들어왔다.

– 당당한 남성을 디자인하다. 강한남성의원

당당한 남성이라.

그 순간에도 갑자기 민호가 떠오르는 것은 웬일일까?

저번에 사우나에서 보지 말았어야 했다.

괜한 열등감 때문에 온 것은 아닌지 스스로 자책감도 들었다.

그러나….

해보고 싶었다.

당당하게 그와 함께 화장실에 들어가기 위해서.

사실 요즘은 민호를 보면 조금 위축된다.

다른 건 모르겠지만, 이 콤플렉스는 고쳐야 한다고 생각한 그의 눈빛.

그 결심을 한 후 잠실대교를 향했다.

민호와 만나기로 한 장소가 바로 여기였다.

잠시 후 민호가 저쪽에서 나타나는 것을 곁눈질로 보았다.

하지만 그는 민호를 발견하지 못한 척 물을 바라보고 있었다.

조금 있다가 그의 귀에 상대의 목소리가 들렸다.

"아니… 여기서 만나자는 이유가 뭡니까?"

민호는 회사에 복귀한 후, 퇴근 시간에 맞춰서 잠실대교 적당한 곳에 차를 댔다. 나올 때, 술 한잔 하자는 신 차장에게 거짓 핑계를 대느라 혼났다.

적당한 곳에 차를 대고 중간 지점까지 걸어갔을 때, 종섭이 보였다. 차가 씽씽 달리고 있는 곳에서 종섭은 아래를 내려다보고 있었다.

아무리 보안이 생명이라지만, 굳이 여기서 만나자고 할 필요가 있었을까? 찬 바람이 씽씽 불고 있었다. 수능 날이 점점 가까워지는 11월. 이 추운 날 다리 위에서 만나자고 하는 저의는 도대체 무엇인가.

그 의문에 물었는데, 돌아오는 대답은 없었다.

아니 한마디 하긴 했다. 쿨한 척, 시크한 척.

"좀 늦었다."

"일이 좀 남아서요. 오래 기다리셨습니까?"

"아니… 방금 왔다. 나도."

잠시 자신에게 시선을 두었다가 다시 강으로 눈을 돌리는 종섭.

민호도 그의 옆에 서서, 강물을 보았다.

여전히 바람이 많이 부는데다, 특히 강바람이었다.

매우 추웠다. 겨울바람 못지않게.

그런데 종섭도 전혀 추운 기색을 내지 않으니, 그 역시 어깨를 활짝 펴기 시작했다.

"일단 구 과장에게 역정보를 흘렸습니다. 아마 조만간 회의에서 잘못된 입찰액을 말하게 될 겁니다."

"흠. 결국, 나보고 계속 억울한 연기를 하라는 거군."

"지금으로서는 그게 가장 효과적이니까요."

감정을 잘 속이지 못하는 재권으로 인해 종섭은 완벽하게 의심을 받고 있었다.

그 상황에서 구 과장이 잘못된 입찰액을 알아간다면, 그야말로 상대의 뒤통수를 제대로 후려치는 결과를 낳게 된다.

그 장면이 눈에 선해서 민호의 입가에 웃음이 매달렸다.

그것은 종섭도 마찬가지다.

이번 건을 확실하게 터트려서 박상민 사장에게 제대로 인정받겠다고 생각했다.

그런 의미에서 두 사람은 일시적으로 손을 잡은 것이었다.

각자의 야망을 향해 달리는 상황.

언젠가 이 둘도 이해관계가 맞지 않으면 충돌할 것이 분명했다.

"다시 한 번 말해두지만, 이번 면세점 건은 완전히 내 거다."

"제가 누구처럼 남이 세운 공에 숟가락 얹은 사람으로 보입니까? 거저 준대도 안 가져갑니다. 어차피 프리미어 마트랑 웅심과 업무 협력 때문에 정신없습니다."

종섭은 살짝 눈과 눈 사이를 좁혔다.

민호가 말한 '누구처럼'이 자신을 대상으로 한 것을 알았기에.

한 마디도 안 지는 그를 향해 뭐라고 말하려고 할 때, 누군가의 스마트 폰의 벨 소리가 울렸다.

- Shake it! Oh, Shake it! 밤새 나랑 Shake it, Baby~

민호가 얼른 주머니에서 스마트 폰을 꺼냈다.

그런데 자신의 스마트 폰이 울린 게 아니었다.

"여보세요? 어? 자기야?"

종섭의 것이었다. 하필이면 자신의 벨 소리와 같았다.

벨 소리를 바꿔야겠다고 생각하며, 허무하게 스마트폰을 집어넣는 민호.

조금 있다가 그의 귀에 종섭의 누군가를 향한 사랑 고백

이 들려왔다.

"나도 보고 싶어. 사랑해. 이따 또 전화할게."

느끼한 멘트. 자신도 유미에게 저런 말은 안 한다. 오글오글 거리는 것 같았다.

그리고 약간 의심이 되었다. 워낙 난봉꾼이라, 영서가 아닌 다른 여자일지도 모른다는 생각이 들었기에.

어쨌든, 전화를 끊은 종섭이 자신을 바라보며 입을 열었다.

"휴우, 난 있잖아…."

"……."

"여전히 네가 싫다. 진심으로… 세상에서 가장…."

민호 역시 동감한다.

다만 가장 싫은 존재가 종섭까지는 아니었다.

만약 그랬다면, 안재현을 만났던 날, 그리고 구 과장과 술 한잔 했던 날, 종섭에게 전화하지는 않았을 것이다.

당시 종섭은 자신에게 물었다.

- 너 역시 제의받았구나?

그리고 그때부터 스파이 색출 작업이 시작되었다.

혐의를 둔 사람은 구 과장.

민호보다 더 친하게 지냈던 종섭 역시 도박 빚과 이혼 등, 개인적인 일이 복잡했던 내용을 알고 있었다.

그와의 대화를 통해서 민호는 강한 혐의를 두었고, 더 확실했던 것은 종로 큰 손의 찌라시 공장이 가져다준 정보 때문이다.

"일단 이번 일만 처리하고… 그때 다시 잡은 손을 풀어도 늦지는 않을 겁니다."

"그렇게 말 안 해도 그러려고 했어. 잘난 척하는 거 꼴 보기 싫어서."

"피차일반이죠."

결국, 임시로 맺은 평화협정이었다.

공동의 목표 때문에.

종섭 입장에서야 당연히 현재 사귀고 있는 영서와 결혼까지 생각하고 있었다.

그 이후 회사의 중역, 더 나아가서는 빠른 임원으로 급성장하는 게 그의 계획이었고.

민호 역시 마찬가지다.

안재현이 제의한 부장 자리까지 거부한 가장 큰 이유는 오히려 그의 야망이 자라났기 때문이다.

재권의 밑에서라면 더 높은 꿈을 이룰 수 있다.

민호는 그렇게 생각했다.

정확히 말하면, 재권의 밑에서가 아니다.

재권과 손잡고 더 높은 비상을 꿈꾼다는 이야기다.

문제는 재권이 자신의 보조를 맞출 수 있느냐는 것인데, 아직까지는 쉬워 보이지 않았다.

일단 가보는 데까지 가보기로 '결심' 한 민호.

아무리 그래도 지금까지 재권과 맺은 의리가 있다고 생

각했다.

고칠 수 있다면, 고치는 게 현명한 방법. 민호는 그 계기를 일단 여자로 생각하고 다음날 재권에게 유정을 언급했다.

"응? 허유정과 뭐라고?"

"정식으로 교제하고 싶다고 말씀하세요. 이제 결혼도 하셔야죠. 일가를 이루고, 심신이 안정되면, 아마… 그룹을 되찾아올 수도 있을 겁니다."

"그…룹을 되찾아 와? 난 그냥 상사만으로 괜찮은데…."

약해진 소리를 또 하는 재권이다.

솔직히 자신이 그룹 총수가 된다면 기분이 나쁘지는 않겠지만….

"엄밀히 말하면, 빼앗긴 것도 아니잖아."

재권은 그룹이 원래 가야 할 사람에게 갔다고 생각했다.

무엇보다도 그 사람과 맞서서 싸우기가 겁났다.

속으로 한숨을 내쉰 민호.

그래도 어쩔 수 없다. 최후의 패를 계속 꺼내 들었다.

"종로 큰 손한테 전화했어요. 오늘 가겠다고. 형님이랑 같이."

## HOLIC : 그의 직장 성공기

### 69회. 콤플렉스 치료 2

민호의 말을 듣고 묘한 표정이 되는 재권.

"어… 어딜 간다고?"

"종로 큰 손의 집이요. 가서 직접 선언하는 겁니다. 좋아한다고. 사귀고 싶다고. 바로 결혼할 수는 없으니 단계는 거쳐야 하지 않겠습니까?"

"야, 그… 그것도 단계를 거치는 건 아닌 거 같은데…. 거기다가 장인어른이 계시는 곳에서 그녀를 만나는 건 더 부담스럽고…."

재권은 어색한 표정으로 민호에게 고개를 저었다.

지난번에 종로 큰 손을 만났을 때, 그는 느꼈다. 그의 기를, 그의 포스를.

만만치 않은 사람이라는 걸 알고 위축된 감이 없지 않아 있었다.

허유정이 좋긴 하지만, 미래의 장인어른이 될 사람 앞에서 만나는 것은 결정력 장애를 가진 그에게 힘겨운 일이었다.

민호는 여자에 대해 큰 결정을 해본 적 없는 그가 종로 큰 손을 호칭할 때, 장인어른이라고 부른 것을 듣고 확실히 느꼈다.

이번 일을 반드시 성사시켜야겠다고.

"그래서 싫어요, 형님? 허유정 씨가?"

"아니? 그녀는…."

말은 안 했지만, 재권은 유정이 자신의 이상형이라고 표정으로 표현하고 있었다.

그래서 웃으며 재빨리 말한 민호.

"그럼 도와드리겠습니다. 제가 말을 이상하게 했지만, 방법은 생각해 놨어요. 그리고 종로 큰 손의 집에서 그녀를 만나는 게 부담스러우면, 다른 장소를 섭외해 볼게요. 어때요?"

이번에는 대답이 없었다.

살짝 구미가 당기는 것 같았다.

민호는 재권의 눈에 새겨진 의미를 읽었다.

어떤 방법일까?

그에 대한 답변을 빨리 주는 게 좋았기 때문에, 그를 재빨리 데리고 간 곳은….

"여긴…."

"홍보팀입니다. 어젯밤 전화해서 도움을 요청해 놨어요."

"여기서 나를 왜 도와?"

"정확히는 저를 돕는 겁니다."

민호는 빙그레 웃으면서 사무실로 들어갔다.

고개를 갸웃거리는 재권이 뒤를 따랐다.

안에서는 박규연 과장이 둘을 기다리고 있었던지, 환한 웃음을 짓고 있었다.

"오셨어요?"

"네, 왔습니다. 그리고 여기 아시죠?"

"알죠. 호호호."

민호의 소개로 인사한 재권.

사실 재권이 여자들에게 인기가 없는 것은 아니다.

물론 민호와 다른 의미로 인기가 있었다.

겉으로 보기에 그는 안판석 회장의 막내아들이다.

결정력 장애가 있긴 하지만, 그 모습을 직접 본 사람들은 별로 없었다.

민호 앞에서 의존증이 심해서 그런 건지, 오히려 회장 아들치고 거만함이 없고, 사람을 존중해준다는 모습에 나쁘지 않게 보았다.

거기다 어디서부터 생겨난 소문인지 모르겠지만, 재권이

모태솔로라는 루머가 암암리에 여직원들 사이에 퍼져 있었다.

"그런데 우리 회사에서 가장 멋진 남자들은 왜 다 임자가 있거나, 좋아하는 분이 있을까요? 그래서 제가 항상 이렇게 올드미스로 늙어가는 거 같아요."

규연이의 버릇.

늘 이렇게 수다스럽다.

본론을 직접 이야기하기 좋아하는 민호와는 잘 맞지 않았다.

그래서 빨리 커트하고 할 이야기를 했다.

"일단 여기 쿠폰."

민호는 여직원 이용권 하나를 그녀에게 내밀었다.

그걸 보고 그녀가 또 주저리주저리 늘어놓을까 봐 재빨리 말했다.

"일단 여자가 좋아하는 일반적인 남성상에 대해서 말씀해 주십시오. 그리고 그 여자분의 취향에 대해서는 여기…."

민호는 어제 종로 큰 손과 통화하면서 적은 메모지를 그녀에게 건넸다.

신기한 게 그가 허유정이 좋아하는 것에 대해 이것저것 물었더니, 종로 큰 손의 입에서는 술술 흘러나왔다.

"자, 그럼 부탁합니다. 저는 할 일이 있어서요."

"어? 김 대리?"

"형님, 잘 듣고 오세요. 전 허유정과 만날 곳 섭외해놓고 그녀에게 연락할 테니까요."

민호는 그렇게 말하고 사무실을 나왔다.

일단 재권의 시선을 돌려놓는 데 성공했다.

지금은 밝힐 수 없는 여러 추진 상황.

머리 싸움에서 한 번 밀리면 돌이킬 수 없었다.

특히 사무실에 오자 무슨 일을 꾸미고 있는지 낱낱이 살피는 구 과장이 눈에 띄었다.

자신이 들어오자 호탕한 척,

"하하하. 김 대리. 부장님이랑 둘만 모닝커피 하기야? 다음에는 나도 끼워줘라. 응?"

웃음을 던지면서 민호의 어깨를 툭 쳤다.

그때 민호는 구 과장에게 눈짓했다.

옆에 종섭이가 듣고 있다는 표시.

만약 민호와 재권이 구 과장까지 데리고 갔다면, 종섭이 의심할지도 모른다는 눈빛을 보낸 것이다.

살짝 고개를 끄덕이는 구 과장은 이렇게 매듭지었다.

"농담이야, 농담! 당연히 둘 사이에 내가 어떻게 끼겠어? 그래도 가끔 나도 그렇고, 저기 이 과장도 끼워 줘. 소외감 느낄 수도 있잖아."

"저…도…."

"어쭈? 상사들 이야기하는 데 인턴이 낀다고? 와, 간이 배 밖으로 튀어나왔네. 야, 조정환. 아무래도 안 되겠다. 너

오늘 나 따라다녀. 내가 오늘 외근의 정석을 보여줄게. 거기 송연아도 마찬가지야. 그동안 여기 착한 김민호 대리 따라다니면서 아주 좋았지? 오늘 한 번 직장생활이 어떤 건지 보여주겠어."

괜히 옆에서 끼어들었다가 사색이 된 인턴 조정환.

잠시 후 구 과장이 정말 그 둘을 이끌고 외근을 나갔다.

민호는 그 모습을 보면서 종섭과 눈을 마주쳤다.

은밀한 눈빛 교환.

적을 속이기 위해서 아군을 속이는 일은 계속 진행되고 있었다.

그 이전에.

민호는 종로 큰손에게 통화버튼을 눌렀다.

"어제 말씀드린 건 있잖아요."

(응? 뭐? 어제 네가 직접 와서 말한 거?)

"아뇨, 전화로 말씀드린 거요. 밖에서 만날 수 있나요?"

(좋지. 상관없어. 어디로 할까?)

대상을 빼놓고 이야기하는 바람에 오해가 생겨버렸다.

종로 큰 손은 민호가 유정을 본다고 생각했고, 민호는 당연히 상대가 재권의 이야기로 알아들었다고 확신했다.

전화를 끊고 나서 홍보팀에 다녀온 재권의 표정이 민호의 눈에 보였다.

매우 고무된 표정이었다.

잠시 종섭에게 시선을 한 번 던졌지만, 확실히 출근했을 때 보인 모습과는 달랐다.

그때는 안절부절 어떻게 하면 종섭에게 들키지 않을지 고민하는 모습이었다.

너무 과해도 좋지 않았다.

그렇게 되면 종섭이 계속 눈치채지 못하는 척해야 하는데, 구 과장의 의심을 살 수도 있었다.

지금은 정신이 다른 곳에 가 있었다.

민호는 속으로 웃었다. 아무리 생각해봐도 재권이 자신보다 나이가 많지만, 강가에 내놓은 동생 같아 보였다.

그리고 걱정도 되었다.

그래서 유미에게 부탁했다.

"응?"

"여기 앞에 프리머스 호텔 레스토랑에서 만나기로 했거든. 네가 가서 조금만 앉았다 오면 안 되겠어? 내 얼굴은 알아볼 거란 말이야."

유미는 그의 부탁에 긍정의 표시로 고개를 살짝 끄덕였다.

그런데 뺨이 붉어지는 게 민호의 눈에 보였다. 생각해보니 프리머스 호텔은 그와 그녀의 추억의 장소였다.

이제야 그녀의 뺨이 붉어진 이유를 알게 된 민호.

그는 의미심장한 미소를 지으며 속으로 말했다.

'크리스마스여 빨리 오라.'

＊

퇴근 후에 유미는 바로 프리머스 호텔로 직행했다.

이미 재권은 유정과 만나고 있었다.

그녀는 모르는 척하고 재권의 옆을 스쳐 지나갔다.

그런데 가다가 마주친 유정의 눈빛.

자신을 알아보는 것처럼 느낀 것은 착각일까?

착각이 아니다.

사실 유정은 유미를 이미 알고 있었다.

사진으로 그녀가 민호의 여자친구라는 걸 찌라시 공장에서 온 보고서를 통해 파악했다.

유정이 민호를 거절한 이유 하나가 바로 그에게 이런 아름다운 여자 친구가 있었다는 점이다.

미모 하나만은 남에게 빠지지 않는다고 자부하다가, 유미의 사진을 보고 살짝 꺾였다.

그래서 자신의 자존심을 세우기 위해서라도 아버지에게 민호가 별로라고 말을 했던 것이다.

원래 오늘 종로 큰 손이 민호가 만나자고 한다고 해서 나온 자리였다.

그녀는 거부 의사를 밝혔지만, 이번에는 종로 큰 손이 크게 고집을 부렸다.

그래서 어쩔 수 없이 나왔는데, 재권이 나온 것도 의외였고, 민호의 여자 친구가 만남의 장소에서 모른척하고 지나가는 것도 이상했다.

정확히는 속셈이 다 보였다.

자신과 재권을 맺어주려는 작전.

그런데 앞에 앉은 이 남자. 정말 쑥맥이었다.

만나서 가장 먼저 한 일은 의자에 다리를 부딪친 것이다.

쾅 소리가 나도록 부딪혔는데, 그 아픔을 참는 모습을 보니 조금 걱정이 되면서도 웃음이 터져 나왔다.

"풋!"

"하하… 죄송합니다."

"뭐가요?"

"네?"

"뭐가 죄송하냐고요? 죄송할 일 안 하셨는데요?"

"그…."

바보 같았다. 하지만 이상하게 그의 당황하는 모습이 재미있었다.

그때 쨍그랑! 소리가 나며 급기야 물잔을 깨트린 재권.

"아, 왜 이러지? 정말 죄송합니다."

재벌 2세로 보이지 않는 그 모습이 신기하게도 새로웠다!

그녀는 재권과 만나기 전에 몇 차례 다른 재벌 2세들과 이런 만남을 주선 받아본 일이 있었다.

물론 아버지는 좀 기다리라고 말했지만, 그녀의 야망이

그것을 허락하지 않았다.

그런데 그 재벌 2세란 사람들은 정말 거만하기 짝이 없었다.

거들먹거리는 태도는 둘째 치고, 그녀의 아버지가 지닌 재산을 은근히 떠보는 게 주된 것이었다.

그녀가 진정한 사랑을 포기한 때도 바로 그 시점이었다.

하지만….

"저… 메뉴는 뭐로…."

"아무거나요."

"네? 그래도 드시고 싶은 게…."

결정력 장애는 메뉴 선택을 늘 상대에게 미룬다.

그래서 그녀가 이렇게 말해주면,

"글쎄요. 흠. 스테이크로 할까요?"

"아, 스테이크요! 좋죠. 스테이크. 이 집 맛있습니다. 아니, 맛있을 겁니다."

신 나서 자신에게 꾸밈없이 웃으며 맞장구 쳐주었다.

그래서 웃음이 나왔다.

실수하는 것도 재미있었고, 겸손하고 내세우지 않는다는 면은 여타의 다른 재벌 2세와는 완전히 달라서 꽤 새로워 보였다.

순수하다고 해야 하나?

대화하면서 느낀 거지만, 여자를 사귀어 본 일도 없는 것 같았다.

이유는 모르겠지만, 자신의 입에서 미소가 떠나지 않았다.

그것을 보고 유미는 민호에게 바로 문자를 보냈다.

– 여우, 늑대에게 호감을 보이다.

민호는 그 문자를 보고 자신도 모르게 미소가 지어졌다.

그에게 재권은 어떤 의미일까?

단순히 야망의 징검다리는 절대 아니다.

자신은 안재현이나 이종섭과 같은 부류가 아니라고 생각했기에.

더구나 재권은 그날 유정과의 만남을 주선해준 민호가 고마웠는지 전에 만났던 곳으로 나오라고 전화가 왔다.

만난 자리에서도 그는,

"유정이도 내가 맘에 들어 하는 거 같아. 아니, 혹시 내 착각인가? 유미 씨는 뭐래?"

"착각 아녜요. 유미도 비슷한 말을 해요."

"정말? 정말이지?"

라고 말하며 한껏 고무된 모습이었다.

정 많은 동네 형과 같은 모습인데, 어찌 재권을 이용만 할 수 있겠는가.

그날 밤 동네 형 같은 재권은 술 몇 잔에 또 이런 말까지 했다.

"아무리 생각해봐도 나중에 너랑 나랑 공동대표하자. 그것밖에 길이 없어. 이종섭 봐봐. 아저씨가 그렇게 신임했는데, 영서랑 헤어지니까 바로 뒤통수를 치는 거… 야, 진짜 믿을 사람 정말 없구나. 생각했다."

"뭐… 저야… 겸손을 모르는 사람이라, 거절하지 않습니다. 하지만 사장님이 자리를 내놓으실 때까지는 꽤 시간이 흘러야 하고, 그 이전에 형님이랑 저랑 능력을 더 보여줘야 한다는 전제가 있겠죠. 그러니까 이번 시내 면세점 건은 확실히 끌어와야 할 거 같아요."

스파이의 존재를 서로 달리 알고 있는 두 사람.

민호는 그의 멘탈강화 훈련이 빨리 끝나기를 바랐다.

그래야 이런 작전을 같이 펼칠 수 있지 않겠는가.

솔직히 안판석 회장이 세상을 떠난다면, 그를 보호해주는 가장 큰 우산이 사라지게 되는 것이다.

그 상황에서 자신이 어디까지 그를 커버할 수 있을지 장담할 수 없었다.

"그렇지. 중요하지. 그런데 가능할까?"

"다른 곳보다 유리한 게 저희가 A&K와 협력적인 관계라는 거죠. 면세점 사업 노하우가 축적된 곳이니까. 거기서 자문을 얻겠다는 것을 명시하고, 입찰액이 합리적이라면, 큰 문제는 없을 겁니다."

"본사는? 거기도 A&K 이야기를 할 텐데…."

당연히 그럴 수 있었다. A&K가 상사만을 돕는다? 이런 이야기를 할 수는 없었다. 아직 그룹 내에 속해 있는 상사였으니까, 그런 말을 해서도 안 된다.

잘못하면 언론이 이슈화하고 형제의 난으로 더 극심하게 비화할 수 있었다.

사실 형제의 난 맞지만, 그게 생각보다 더 많이 밝혀지면, 재권이가 꼭 유리할 게 없었다.

대한민국은 아직 장자의 편이다. 재권은 속칭 '첩의 자식'이었고.

이게 재권의 가장 큰 콤플렉스였다.

유교적인 관점으로 보았을 때, 그를 응원하는 사람보다 자격 없다고 생각하는 사람들이 훨씬 더 많은 것이다.

"저번에 언론에 난 것도 봐. 결국은 본사가 유리하다고 말하잖아. 나중에는 본사와 우리 회사가 협상해서 하나가 나가게 될 거라고…."

"일단 여론은 여론이고… 입찰 발표는 관세청에서 하는 거죠. 여론 의식을 하겠지만, 아무리 그래도 저희가 유리합니다. 왜냐하면…."

"……."

"가짜 입찰액을 흘릴 거니까요."

그렇게 말하면서 민호는 재권에게 계획을 설명했다.

이럴 때면 그는 재권의 스승이 된 것만 같았다.

하지만 귀찮은 것은 아니었다. 언젠가 재권이 자신의 결점을 극복하고, 껍질을 깰 계기가 반드시 올 것으로 여겼으니까.

머리가 나쁜 사람은 아니다. 마음이 여린 사람일 뿐이다.

"그럼… 너만 믿으면 되는 거지?"

"그렇죠. 지금은 저만 믿으십시오."

재권은 그 말에 빙그레 웃으며 스트레이트 잔을 잡았다.

그다음에는 민호의 술잔에 가득 채워준 뒤,

"자, 그럼 목표를 위하여!"

큰소리로 이렇게 외쳤다.

민호 역시 웃으며 그에게 반응했다.

"네, 목표를 위하여!"

이제 목표가 정해진 두 사람이다.

단기적으로는 회사에서 최고의 자리에 앉는 것이다.

박상민 사장의 현재 나이 58세.

나이 때문이라도 언제까지 회사 대표직을 수행할 수는 없다.

더군다나 박 사장은 늘 말해왔었다.

회갑은 회사에서가 아니라, 지금까지 기다려준 가족과 함께하겠다고.

그가 자신이 내뱉은 말을 함부로 하는 사람이 아니라는 것을 생각한다면, 거의 확실히 그의 은퇴는 기정사실이다.

그렇다면….

민호의 꿈이 실현되기 위해서 무언가를 보여줄 시간이 약 2년 남았다.

# HOLIC : 그의 직장 성공기

## 70회. 거인의 메시지 1

민호의 꿈, 그리고 약 2년이라는 기간에 생길 많은 변수.

한 길 앞도 내다볼 수 없는 게 인간이다.

그 변수에 대비하기 위해 팽팽 돌아가는 민호의 머리와 거기에서 나오는 계획이 착착 진행되어 갔다.

이번에 관세청에서 낸 시내면세점 공고에서 심지어 그는 아예 변수를 만들기도 했다.

입찰액을 상대방에게 알게 하라!

그 특명 아래 민호는 감독이 되었다.

다만 주연배우 재권의 연기가 서툴렀다.

그는 자꾸 종섭의 눈치를 보면서 이렇게 말했다.

"아시겠지만, 우리가 수집한 정보로는 이번 입찰액이 300억에서 450억 사이에 형성될 것 같습니다."

마치 애써 액수를 강조하는 것 같았다.

꼭 종섭이 들어야 한다는 표정으로.

그의 서투른 연기를 커버하려고 하는가. 민호의 입이 재빨리 움직였다.

"그럼·보증금 빼고 매월 15억에서 20억이 되겠군요."

이번 시내면세점의 입찰액은 보증금과 매월 임대료의 1년 총합이었다.

따라서 계산해보면 민호가 말한 매월 액수를 합하면, 대략 그 정도의 금액이 나온다.

어쨌든 친절한 민호의 풀이에 재권은 과장해서 고갯짓하며 이렇게 말했다.

"그렇습니다. 그래서 우리는 20억! 으로 입찰하려고 합니다."

또 한 번 강조하는 재권을 정말 못 말리겠다는 듯이 쳐다보는 민호.

사실은 굳이 재권의 미흡한 연기력을 커버할 필요가 없었다.

여기서는 단순하지만, 복잡한 속고 속이는 관계가 형성되었기 때문이다.

재권은 종섭을 속이려고 했고, 종섭은 진짜 입찰액을 알고 있으며, 구인기 과장은 진짜 입찰액을 모르는 상태에서 재권이 종섭을 속인다고 생각하는 각자의 입장!

이 모든 것을 민호가 관장하고 있었다.

아무튼, 이 지점에서 브레이크를 걸기로 약속이 되었다.

그래서 민호가 다시 입을 열었다.

"그럼 총액 450억이 될 텐데… 조금 무리가 되지 않을까요, 부장님? 현재 프리미어 마트에도 돈이 계속 들어가고 있습니다."

"임원 회의 때, 팜유를 전량 파는 것으로 결론이 났습니다."

"그건 안 됩니다!"

역시 감독이 상황극에 개입해야 개연성이 살아날 수 있었다.

민호가 살짝 흥분하면서 반대를 표명하니 짐짓 불쾌하다는 표정을 지으며 재권이 마무리를 급하게 지었다.

"반대해도 이미 결론 난 거예요. 어쩔 수 없으니… 김 대리가 이해하세요."

"……."

그런데 역시 마무리가 살짝 아쉬웠다.

김 대리가 이해하라니? 재권은 민호의 상사인데, 회의에서 저렇게 부드러운 목소리로 양해를 구한단 말인가?

구 과장의 시선은 계속 재권과 민호, 그리고 종섭을 계속 왔다 갔다 하다가, 오히려 안도의 한숨을 살짝 내뱉었다.

그리고 나중에 옥상에서 민호에게 이렇게 말했다.

"이거… 안 부장님이 너무 연기를 못하는 거 같아. 이 과장이 정말 눈치 빠른 사람인데, 아까는 조마조마했어."

"아뇨. 원래 안 부장님 성격이 저러세요. 지금 연기가 아니고 실제 상황에라도, 반항하는 아랫사람에게 큰 소리도 못 냈을걸요?"

"그런가?"

"네. 그러니까 너무 걱정하지 마세요."

"뭐… 그러면 다행이지만…."

칙. 칙. 치이이익. 그는 긴장되는 듯 담배에 불을 잘 붙이지 못했다.

바람이 불고 있어서 몸을 잔뜩 움츠리며 겨우 붙인 후 연기를 내뿜으면서 민호를 바라보았다.

"후아, 그럼 입찰액은 얼마야?"

이 말을 하려고 그토록 긴장한 것 같았다.

가장 꿀 같은 정보. 아까 회의시간에는 가짜 입찰액임을 잘 알고 있기에, 그는 진짜 정보를 알려달라는 말을 해야 했다.

"입찰액은…."

꿀꺽. 상대방의 침 넘어가는 소리가 민호에게 들렸다.

"300억 원입니다."

"300억?"

"네. 아까 안 부장이 팜유를 판다고 연기하긴 했지만, 회사에 자금이 부족한 건 사실입니다. 당연히 팜유를 팔지 않는 범위로 맞춰야 하니까, 그 정도가 회사에서 유용할 수 있는 최대한입니다."

의문을 품은 눈. 그것을 보았기 때문에 민호는 길게 부연해 설명했다

이것이 상대가 납득할만한 액수와 이유인지는 구 과장이나 그 윗선의 판단이다.

자신은 그저 변수가 될 수 있는 부분만 전달할 뿐이었다.

그래서 그날 저녁 구 과장이 얻어가는 정보에는 민호가 넣은 그 변수가 담겨 있었다.

구 과장이 가져온 정보에 지석은 곰곰이 생각했다.

관세청에서 실시하는 시내면세점 입찰액은 정확히 말하면 임대료 입찰액이다.

지금까지의 선례로 보아 이번 연간 임대료 300억에서 450억, 즉 약 15억에서 20억 사이에 월 임대료가 형성된다는 게 언론의 예측이었다.

입찰액이 무조건 많다고 좋은 것도 아니고, 적다고 불리한 게 아닌 상황.

그런데 정말 예측이 쉽지 않았다.

300억이라는 액수는 예상치의 가장 밑바닥이었기 때문이다.

액수가 적다고 불리한 게 아니긴 하지만, 그 액수로 정한 의미가 무엇인지 짐작하기가 쉽지 않았다.

갑자기 머리가 아팠다.

안재현에게 보고하고 나서 받을 스트레스 때문에.

민호가 구 과장에게 준 답변을 당연히 차용하겠지만, 그 것만으로 안재현이 수용할 수 있을지는 정말 알 수 없었 다.

의심이 많고, 빈틈은 없는 뱀눈의 사나이.

그 눈이 자신을 바라볼 때마다 그는 속으로 흠칫한 적이 몇 번이나 있었다.

부양해야 할 가족만 아니었다면, 다른 일자리를 구했을 텐데….

그래도 어쩌랴? 다음 날 아침 그는 안재현에게 가서 보 고서를 올렸다.

안재현의 표정을 살폈다. 액수를 의심하고 있는 게 분명 했다.

그래서 신지석은 자신의 견해를 밝히기 시작했다.

"아무리 웅심과 업무 협약을 맺었더라도, 갑자기 큰돈이 생기는 것은 아닐 것 같습니다. 게다가 프리미어 마켓까지 추진 중이니 돈이 말라갈 수도 있습니다."

"확실하지 않은 것에 대해 네 생각을 자꾸 넣지 마. 박 상민 사장, 그리고 김민호는 그렇게 만만한 사람이 아니 야. 그리고 첩자가 제대로 '팩트'를 알고 있는지도 살펴 봐."

"네, 네. 알겠습니다."

명령을 받은 신지석은 다시 구 과장에게 전화해야겠다고

230  **Holic**
: 그의 직장 성공기 **3**

생각했다.

✤

– 어머나, 어머나, 이러지 마세요~

갑자기 울리는 전화벨에 구 과장은 재빨리 받았다.

"구인기 과장님이시죠?"

"전화 잘못 거셨습니다."

음성 변조. 바로 코맹맹이 소리로 이렇게 말하고 전화를 끊었다.

하필이면 싸나 머니에서 온 전화였다. 빚 독촉과 추심 때문에 하루하루가 말라가는 것 같았다.

어쨌든, 빠르게 통화 종료 버튼을 눌렀는데, 잠시 후 같은 번호가 찍혔다.

무음으로 바꾸어 놓고 있다가 나중에 살펴보니 부재중 전화가 정말 많이 찍혔다.

"아, 정말. 내가 갚는다, 갚아. 그만 좀 전화해라. 응?"

옥상으로 올라와 담배에 불을 붙인 구 과장은 애꿎은 전화기에 화풀이했다.

그러다가 발견한 문자.

– 왜 전화 안 받아? 내일 법원 가는 날 알고 있지?

와이프였다. 그걸 보자 또 한 번 인상이 구겨졌다.

마지막에 위자료 이야기까지 하는 걸 보고 더더욱 짜증

이 솟구쳤다.

그때 전화가 왔다. 이번에는 반드시 받아야 하는 것이었다.

바로 신지석의 전화였다.

그러나 전화를 받은 구 과장은 살짝 난감했다.

그는 많은 것을 요구했다.

문제는 자신이 하기 힘들다는 점이었다.

최근에 시내면세점 회의 자체가 좀 더 커지면서 자신이 낄 틈이 없었던 것이다.

이렇게 회의가 커진 이유는 시내면세점이 경영진에 보고되었기 때문이다.

이사회가 낀 확대회의에서 종섭은 애초에 시내면세점의 본 기획자로, 민호는 재권의 '빽'으로 들어갔지만, 당연히 그는 들어갈 수 없었다.

구 과장은 전화를 받은 후 내려와서 몇 번이나 회의실이 있는 층에 가려고 엘리베이터를 눌렀지만, 실행하기는 불가능했다.

'도둑이 제 발 저리다.' 라는 말이 있다.

괜히 가서 그 모양새가 되기를 원하지는 않았다.

결국, 끝끝내 회의실이 있는 층을 누르지 못한 구 과장.

사무실로 돌아와 앉아서 머리를 감싸 쥐었다.

그러자 인턴사원 조정환의 목소리가 들려왔다.

"과장님, 무슨 일 있으세요?"

"됐어. 관심 두지 마. 상사가 이러고 있으면, 그냥 놔두는 거야. 이렇게 사회생활을 몰라서… 에구, 내가 말을 말아야지."

애꿎은 정환에게 화풀이했다.

그런데 이번에는 확실히 교육한 것 같았다.

앞으로 정환은 그 어떤 상사에게도 관심을 기울이지 않기로 방금 결심했으니까.

그때 회의가 끝난 후 내려오는 사람들이 보였다.

벌떡 일어난 구인기 과장.

이제 눈치를 보아 민호에게 접근하여 묻는 게 그가 할 수 있는 모든 것이었다.

다행히 민호는 화장실을 간다고 말하면서 급하게 나갔다.

따라 나간 구 과장은 화장실로 들어가 민호에게 속삭이듯이 물었다.

"회의 잘했어?"

"네? 아, 네. 잘했습니다. 그렇지만 정말 힘들었습니다. 스파이 한 명이 끼어있어서…."

민호의 입에서 '스파이'라는 말이 나오자 구 과장의 표정이 살짝 바뀌었다가 돌아왔다.

이거야말로 도둑이 제 발 저린 격이다.

민호가 말하는 대상은 종섭이었는데, 심장이 쿵 내려앉

은 기분이었으니까.

그러나 마음을 다시 굳게 먹은 그는 드디어 민호에게 작업을 걸기 시작했다.

"오늘 혹시 술 한 잔 어때? 내가 쏠게."

"앗, 죄송합니다. 부장님하고 미리 선약이 되어 있어서요."

"뭐? 술자리야? 그럼 나도 같이…."

"술자리 아닙니다. 프리미어 마트 관련해서 의견 조율하는 겁니다. 죄송합니다."

"응? 아… 아니야."

민호는 그의 표정을 살피며 속으로 웃었다.

답답했을 것이다. 무언가를 더 캐내야 하는데 그걸 알 수가 없으니.

물론 재권을 만나서 프리미어 마트 진척상황에 대해 의견을 나누는 것은 사실이었다.

진실 속에 거짓을 감춘다. 그래야 적을 완벽하게 속일 수 있었다.

이점에 있어서 이제 구 과장은 이용대상일 뿐이다.

그것도 결정적일 때 한 방씩 적에게 거짓 정보를 흘리는.

단 한 가지 문제는 바로 재권이었다.

언젠가 그에게 이를 알려야 했다.

하지만 표정 관리가 잘 안 되기 때문에 그에게 지금 이 상황을 알리는 걸 한없이 뒤로 미루고 있었다.

변수를 계획하는 민호에게 재권은 그야말로 변수 덩어리였다.

언젠쯤 그 순진함에서 깨어나 냉혹함을 갖추게 될까?

언젠가는 자신의 아버지, 나아가서는 큰 형인 재현을 능가할 수 있을까?

퇴근 후 프리미어 마트에 대해 의견을 나누고 나서 재권을 바라보며 드는 생각이었다.

그때.

─ 위, 아래, 위, 위, 아래, 아래.

여전히 그 노래를 좋아하나 보다.

재권의 벨 소리는 전혀 바뀌지 않았다.

"여보세…."

그런데 표정이 변했다.

그 얼굴이 익숙했다. 민호의 눈에 비친 그의 지금 얼굴. 예전에 한 번 본 적이 있었다.

지난번 안판석 회장이 위독하다는 전화를 받았을 때.

바로 그때 그 사건이 민호의 머릿속을 휙 하고 지나갔다.

'혹시나' 했더니 '역시나' 였다.

재권이 파르르 떨리는 입술로 이렇게 말했다.

"아버지가 위독하시대…."

"제가 운전할게요!"

HOLIC : 그의 직장 성공기

## 71회. 거인의 메시지 2

그때와 비슷한 스토리로 사무실에서 재빨리 벗어나는 두 사람. 드라마도 아닌데 꼭 이럴 때 보면 엘리베이터에 문제가 생긴다.

한쪽은 정기 점검, 다른 한쪽은 위에서 물건을 나르는지 꿈쩍도 하지 않았다.

어쩔 수 없이 택한 비상구.

타닥. 타닥. 타닥. 타닥….

계단을 뛰어 내려가는 두 사람의 발걸음에 조급함이 섞여 있었다.

그래도 민호가 더 침착할 수밖에 없는 상황.

주차장으로 내려가면서 옆을 보았을 때, 이미 재권은 눈물을 흘리고 있었다.

"형님, 강해지세요. 벌써 눈물 흘리시면 안 됩니다."

끄덕끄덕. 고개를 끄덕이지만, 눈물을 더 참았기에 굵기가 더 굵어지는 효과만 일어났다.

눈물을 흘리는 이유는 간단했다.

이번에는 안 회장이 위독하다는 말이 사실일 것만 같았기에.

치이이이익.

시동을 거는 소리가 들리고.

쉬이익. 가속기를 밟는 민호의 발에 힘이 들어갔다.

그 역시 안판석 회장이 남의 아버지가 아니라는 느낌이들었다.

재권에게 형제애 비슷한 것을 늘 느꼈기 때문이다.

하지만 계속 감상에만 젖어있을 수는 없는 법.

민호는 자신의 머릿속에 안 회장 사후의 시나리오를 그리기 시작했다.

이에 따라서 그와 재권의 차 속 대화는 단절되었다.

그런데 민호가 머릿속으로 그렸던 계획이 끝났을 때, 이미 병원이 눈앞에 보이기 시작했다.

여기까지 오는 동안 무언가를 해야 했다는 후회가 남았다.

저 안에 들어가면, 뱀이 있었고, 그 뱀의 동생도 있었다.

재권의 큰 형과 작은 형을 말하는 것이다.

안재현이야 그렇다 치고, 작은 형인 안재열은 더 비열하다고 들었다.

물론 머리 굴리는 것과 치밀함은 안재현을 따라오지 못하지만, 행동은 다르다. 생각보다 말과 행동이 더 빠르다는 이야기였다.

그래서 짧은 순간 빨리 재권에게 뭔가를 전달하려던 민호였는데….

'아니다.'

갑자기 그래서는 안 된다는 생각이 들었다.

시나리오는 짜되, 모험을 한 번 해보기로 마음먹었다.

조금 전까지 살짝 흔들리던 눈빛이 극도로 가라앉은 민호.

주차장에서 문을 열고 나와서 황급히 엘리베이터를 향해 뛰어가는 재권의 뒷모습을 두 가지 상반된 감정으로 쳐다보았다.

하나는 그를 붙잡고 침착하라고, 무슨 일이 있어도 감정에 동요 받지 말라고 하고 싶은 마음.

다른 하나는 그 감정을 격발시키라고.

막아서는 모든 것에 한 번 화를 크게 내보라고.

그러면 진정한 자아가 나올지도 모른다는 말도 하고 싶었다.

사실 후자를 더 원한다.

안타깝지만 재권의 주변에서 가장 큰 영향을 미치는 누

군가의 신변 문제가 그를 변화시킬 수도 있다는 직감 때문이다.

"민호야, 나 어떻게 하는 거야? 응? 아버지 돌아가시면… 그러면…."

"……."

엘리베이터를 기다리는 동안 그는 자신에게 한 번 더 의존성을 보였다.

그만큼 안판석 회장의 위독함을 피부로 느끼는 것 같았다.

확실히 병원에 들어가자마자 그 공기가 감지되었다.

많은 사람이 모여 있었고, 그중에 아는 얼굴도 보였다.

박상민 사장과 안재현 부회장도 있었다.

"어서 오게."

먼저 상민이 그를 반겼고, 재현도 그를 눈빛으로 맞이했다.

물론 반기는 눈빛이 아니었다. 그렇지만 아무 말 하지 않은 이유.

재현에게는 자신을 대신해서 일을 벌여 줄 바로 손아래 동생이 있었기 때문이다.

안재열은 꽤 작고 몸이 뚱뚱했는데, 형제자매 중에 가장 덜 떨어진 유전자를 받은 것으로 보였다.

그 작달 만한 몸으로 앞으로 나오는 게 민호의 눈에 보이며, 향후 벌어질 일이 감지되었다.

"야, 이 새끼야. 네가 어디라고 여길 와?"

"형… 작은… 형….."

"어쭈? 누가 네 형인데? 좋아, 그거 오늘까지 불러라. 내일부터 그렇게 날 부르면 아가리를 찢어버릴 테니까….."

급박한 상황에서 재권의 갈 길을 막는 존재를 보며 이곳에서의 제삼자 민호는 안타까운 눈빛이 되었다.

그러나 재권이 뒤를 돌아보며 자신에게 도움을 요청하는 신호를 보냈을 때, 그는 속으로 응원했다.

제발, 제발….

"제발, 작은 형. 제발, 나 좀 들여 보내줘."

"이 새끼가 그런데….."

재열이 갑자기 재권의 멱살을 잡았다.

"꺼져. 빨리! 내 눈앞에서 빨리 꺼져."

"형! 작은 형! 제발 날 들여보내 줘! 제발!"

재권의 목소리도 더불어 커졌다.

그걸 듣고도 전혀 아랑곳하지 않는 재열.

"싫은데?"

"이….."

오히려 비웃음을 띄자, 재권의 표정이 완전히 돌변했다.

"나 들어갈 거야. 비켜!"

"어쭈? 이게 미쳤나? 어디서 큰 소리야? 잘하면 치겠….

턱!

"…는데…."

갑자기 멱살을 잡고 있는 상대의 손을 확 뿌리치는 재권.

힘을 주고 있는 상태에서 풀려버리자, 작용과 반작용의 법칙으로 재열은 나가떨어졌다.

작달막한 몸이었다. 덩치는 재권이 더 컸으니까, 힘은 상대가 되지 않았다.

주변에 많은 사람이 지켜보고 있었다.

그중 민호의 눈빛에는 기쁨이 흘렀다.

이제 시작입니다. 더 보여주세요.

그 눈빛은 그렇게 말하고 있는 것 같았다.

"이… 이게…."

민호의 눈에 그다음 상황이 펼쳐졌다.

벽을 짚고 일어서는 재권의 작은 형은 갑작스럽게 당한 나머지 황당한 얼굴을 하고 있었다.

그러다가 마주친 재권이의 눈. 하찮은 존재라고 생각했다. 언제 밟아도 밟히는 그런 미약한 인간이라고 여겼다.

그런데 저 눈빛.

절대 그런 종류의 것이 아니었다.

살짝 놀랐다. 그래서, 아니 그렇기 때문에 악을 지르며 재권에게 덤벼들었다.

"야! 이 개…."

"그만!"

그때 상황을 종료시키는 목소리가 들려왔다.

민호의 시선이 그쪽으로 돌아갔다.

바로 끝판왕 재현이었다. 그는 무표정한 얼굴과 감정이 담겨 있지 않은 목소리로 재권을 향해 말했다.

"들어가라."

민호의 눈으로 보건대, 그는 지금 상황을 완벽하게 인지한 것 같았다.

그래서 아쉬웠다. 조금 더 재권의 작은 형이 활약해 주어서, 완전히 꼭지가 돌아야 재권이 진정한 자아를 꺼내게 될 텐데….

결국, 이곳에 와서 처음으로 민호는 말을 꺼냈다.

"형님, 이제 들어가시죠."

민호의 목소리는 매우 낮고 부드러웠다.

아직도 씩씩거리는 재권을 달래듯이.

희한하게도 마음이 다시 가라앉는 재권.

고개를 끄덕인 채 황급히 병실로 들어갔다.

그런데 민호의 눈에 재권의 큰 형과 작은 형, 그리고 지금까지 이 상황을 보고만 있었던 누나들과 안 회장의 사위들까지 몰려서 들어가는 게 보였다.

민호는 들어가지는 않았지만, 문 앞으로까지는 다가갔다.

병실은 특실이라 그런지 일반 병실보다 크긴 했지만, 밖에서 안의 상황을 충분히 볼 수 있을 정도였다.

이미 임종을 앞둔 시점인지 산소호흡기를 매단 안판석 회장이 눈에 보였다.

"아버지!"

막내아들의 음성을 들어서였을까?

눈썹이 살짝 떨리더니 힘겹게 눈을 뜬 거인.

말을 하고 싶다는 신호를 계속 보냈기에 의료진이 산소호흡기를 떼어냈다.

"재권이랑… 잠시 둘만 있고 싶어….

그 말을 하는 데 매우 힘이 들어 보였다. 하지만 또렷했다. 죽기 전에 마지막으로 생기를 내뿜는다더니, 아마도 안판석 회장에게 그 현상이 오는 것만 같았다.

어쨌든, 그의 말에 고개를 끄덕이는 사람들.

이미 한 차례 노인은 자신의 자식들과 각각 독대했다.

아마도 사후 벌어질 일에 관해서 마지막으로 남길 이야기였으리라.

이제는 재권의 차례였다.

그런데 그가 한 명 더 보고 싶은 사람을 청했다.

"민호도… 오라고 해….

이건 좀 뜻밖이었다.

민호도 생각을 못 했는지 병실로 들어갔을 때, 얼굴에는 물음표가 가득했다.

다른 사람들도 눈에 이채를 띨 수밖에 없었다.

그들은 최근 '김민호'라는 이름을 어렴풋이 듣긴 했었다.

그래도 이곳에 있는 사람 중 가장 말단인 그가 들어가자 안 회장의 가족, 친지, 가신들은 약간 놀란 모양이다.

수군대는 음성이 밖에서부터 민호의 귀에 들려오는 것을 보니.

"문을 닫고 와야지…."

"아, 죄송합니다."

민호는 재빨리 다시 문을 닫고 왔다.

그리고 뒤돌아서자 지난번보다 죽음에 더 가까워 보이는 노인이 민호의 눈에 보였다.

신기한 게 눈은 달랐다.

착각일까? 그 안에는 자신이 죽으면 벌어질 일에 대해 우려와 걱정도 있었지만, 기대와 희망도 담겨 있는 것 같았다.

그렇게 1, 2초간 그의 눈을 바라보는 민호.

안판석 회장은 그에게 좀 더 가까이 오라고 손짓했다.

경로 정신이 뛰어난 민호는 당연히 그에게 더 가까이 붙었다.

"그동안 네가 했던 일들… A&K와 업무 협약, 라면 프로젝트, 이 아이와 상민이의 결합, 프리미어 마트와 팜유 매집까지… 듣고 보니 정말 대단하다고 느꼈다."

"……."

무슨 말을 하려는 걸까? 안판석 회장은 잠시 말을 끊고 재권을 본 후 다시 민호를 응시하며 입을 열었다.

"저번에 네가 나한테… 공동대표라고 말했는데… 난 네 꿈이 그 이상이라고 생각한다."

'정확히 보셨습니다.'

그의 말에 민호는 속으로 대답했다. 죽음을 앞둔 사람에게 무례한 말이라고 생각했기에.

그런데 민호의 생각을 읽은 것일까?

안판석 회장은 미소를 지으며 말을 이어갔다.

"어쨌든 그게 쉽지는 않을 거야. 아마 몇 년이 더 있어야 하고, 네 실력을 증명해야 하거든. 아까 상민이가 와서 그러더라. 지가 회갑 때까지는 회사를 잘 이끌겠다고. 그 이후 우리 막내한테 넘겨준다는데…."

여기까지 말하고 나서 잠시 말을 끊은 안판석 회장.

"그러니까 그때 봐서 네가 공동대표를 할 수 있으면 하고, 아니다 싶으면…."

"……."

"빼앗아 버려라."

"네?"

민호는 눈을 크게 떴다. 여기 들어와서 가장 놀라워하는 표정이었다.

오히려 재권이 놀라지 않았다. 아버지의 말을 수긍한다는 듯이 살짝 고개까지 끄덕였다.

"괜히 이 녀석이 회사 망치는 거… 나는 죽어서도 원하지 않아."

진심일까? 민호의 머릿속이 잠시 복잡해졌다.

아마도 반반이라고 생각했다.

민호가 해석한 거인의 메시지.

공동대표로 갈 수 있으면 그렇게 가고, 만약 재권에게 그 자격이 없다면, 잘 거두어 달라는 의미로 해석된다.

그래서 민호는 지금까지와는 달리 매우 진지하게 말했다.

"무슨 말씀이신지 잘 알겠습니다. 최선을 다하겠습니다."

고개를 끄덕이는 노인.

그의 입가에 만족스러운 웃음이 매달려 있었다.

다음으로 재권을 보는 노인.

민호는 궁금했다. 마지막으로 그가 자신의 막내아들에게 뭐라고 말을 할지.

오래 기다릴 필요는 없었다. 이제 남은 시간이 별로 없었기에 안 회장은 길게 끌지 않았다.

"아들아…."

"네, 아버지."

"아빠…."

"……."

"아빠라고 불러다오."

"네, 아빠…."

민호의 귀에 들리는 재권의 목소리. 드디어 울먹임이 묻어나왔다. 하지만 안 회장은 도리어 웃었다.

"너에게 부탁할 말은 단 한 가지다."

"말씀하세요."

"강해져라. 꼭. 반드시."

순간 재권의 눈빛이 변했다. 눈물은 흘리고 있었지만, 불꽃이 새겨졌다.

"반드시… 강해질 게요."

그 말을 듣고 안 회장의 얼굴에 웃음이 매달렸다.

민호가 그것을 보았을 때, 곧 죽을 사람 같아 보이지는 않았는데….

"그래. 좀 피곤하구나. 나 죽는 거 아니니까… 눈 감아도 시끄럽게 울면서 깨우지 마라. 알았니?"

"네, 아버지."

재권의 마지막 대답은 울먹이는 소리였다.

그게 민호의 귀에 들리자, 그 역시 눈에서 무언가가 고이는 걸 깨달았다.

# 홀릭

## HOLIC : 그의 직장 성공기

### 72회. 주식회사 글로벌

수능 한파라고 했다.

이맘때에 부는 바람이 수험생의 살을 에일 듯 차갑기때문에 붙여진 이름이었다.

학생들과 학부모들의 머릿속에 다음날 치를 수학능력평가로 가득 차 있었을 그 날 그 시간 거인은 이승에서의 마지막 끈을 놓았다.

누가 뭐래도 그는 한국 경제에 뚜렷한 발자취를 남기고 간 사람이었다.

10대 그룹의 총수는 아무나 할 수 있는 일이 아니었기에.

장례식장에 찾아오는 사람들의 면면을 보면 알 수 있었다.

그가 얼마나 뚜렷한 족적을 남겼는지 말이다.

다만 장례식장 한 편에서는 아이러니하게도 가장 슬퍼해야 할 형제자매들의 암투가 벌어지고 있었다.

고인이 된 안판석 회장은 3남 2녀를 두었다.

그중 재권을 제외하고는 다 계열사의 수장으로 있었다.

뭐니뭐니해도 가장 막강한 사람은 안재현이다.

거인이 죽은 다음 날 새벽 무렵.

그는 마치 황제가 죽고 나서 대관식을 앞둔 황태자처럼 그는 손님들을 앞서서 맞이했다.

재권도 그 옆에서 같이 서 있었다.

놀랍게도 전혀 위축된 표정이 아니었기에, 같이 밤을 새우며 재권의 옆에 있어준 민호는 가슴이 뿌듯해져 오는 걸 느꼈다.

그가 무슨 생각을 하는 건지는 알 수 없었다.

다만 한 가지를 지키려고 한다는 것쯤은 확실히 파악했다.

— 아들아, 강해져라.

죽은 안판석 회장의 마지막 유언.

아마도 그것을 지키기 위해서 슬픈 마음을 부여잡고 멘탈을 바로 세우는 중일 것이다.

민호 역시 많은 생각을 하고 있었다.

그중 대부분은….

어떻게 하면 재권과 함께 회사를 제대로 키울 수 있을

까?

어떻게 하면 그와 함께 본사를 완전히 집어삼킬 수 있을까?

어떻게 하면….

피식. 민호는 자신도 모르게 웃고 말았다.

신기한 게 마지막 안 회장은 엄청난 고단수로 자신을 옭아매 버리고 말았다.

재권을 자신의 형제처럼 묶어버린 것이다.

그런데 생각에 너무 빠져있었던 것일까?

한참을 안 회장의 유언을 머릿속에 그리고 있었을 때, 자신의 어깨를 톡톡 두드리는 누군가가 있었다.

종로 큰 손이었다.

"어? 오셨습니까?"

"그래. 고생하는구나."

노인은 많이 울었던 모양이다.

눈 주위에 그 흔적이 가득 담겨 있었다.

"그런데 따님은 어떻게 하고…."

"나 대신 처리할 일이 있어서 나중에 올 거야. 잠시 할 이야기가 있는데…."

그는 주변을 둘러보았다.

여기서는 할 수 없는 이야기라는 표시였다.

장난 같은 말투와 역정이 사라진 종로 큰 손의 진지함에 민호 역시 진중하게 고개를 끄덕였다.

"그럼 잠시 밖으로 나갈까요?"

그렇게 밖으로 나갔을 때, 종로 큰 손은 뜻밖의 소식을 전했다.

"난 이제 종로를 떠난다. 저기… 안성으로 갈 거야."

"안성이요?"

"그곳에서 조용히 쉬려고. 여기 일은 딸아이가 맡을 거다."

"네…."

뭔가 많이 아쉬웠다. 건강이 좋지 않다는 이야기는 들었는데, 아마도 안 회장의 죽음이 그에게 영향을 미친 것만 같았다.

"그럼 언제…."

"바로 갈 거야. 그래서 널 불렀어. 연락이야 자주 할 수 있지만, 난 이제 슬로우, 넌 이제 퀵퀵. 그렇게 인생을 살 거 아니냐?"

표현이 참 재미있었다.

그러나 웃자고 한 이야기가 아니었기에, 민호는 여전히 심각해진 얼굴로 말했다.

"너무 서두르시는군요. 따님을 많이 믿는다는 건가요?"

"그래서 널 불러서 이야기하는 거야. 저번에 유정이가 만난 게 네가 아니라 이 집 막내아들이라면서?"

"며칠 전 이야기라면 맞습니다."

"딸 아이의 욕심인지 아닌지 모르겠는데, 재권이를 진지하게 만나볼 생각을 하더라. 그날 만나고 와서 순수한 사람이라는 말을 몇 번이나 하던지…, 처음엔 네가 아까워서 들은 척도 안 했는데….”

이거야말로 듣던 중 반가운 소식이었다.

민호의 입에 미소가 감돌 정도로.

종로 큰 손의 말은 계속 이어졌다.

“난 처음에 그 아이의 야망 때문에 재권이를 만나려고 하나 생각했는데, 그게 아닐 수도 있다는 생각이 들었다. 그래도 늘 불안한 마음은 부모로서 어쩔 수 없구나. 그러니까….”

“…….”

“네가 옆에서 잘 보고 있다가….”

“설마 잘 못하면 빼앗으라는 이야기는 아니시겠죠?”

“……미친놈….”

황당한 표정으로 민호를 보는 종로 큰 손.

계속 진지하게 말하다가 결정적인 순간에 자신의 호흡을 이상한 말로 끊은 그에게 욕을 해버렸다.

이래야 종로 큰 손이다.

계속 진지한 건 어울리지 않는다고 생각한 민호는 장난 한번 쳐봤다.

“농담입니다. 걱정하지 마시고 내려가십시오.”

“그래… 그럼 난 간다.”

나중에 볼 수도 있겠지만, 노인의 건강은 늘 갑작스러운 면이 있다는 것을 이번 기회에 안 민호.

장난스러운 미소를 단번에 지우며 처음으로 그에게 싸가지 있는 모습을 선보였다.

무려 90도로 굽히는 허리.

"살펴 들어가십시오. 그리고…."

"……."

"건강히 지내십시오."

그의 이 모습이 매우 생소했는지, 종로 큰 손의 얼굴에도 잠시 미소가 머물렀다.

그렇게 또 한 사람을 다른 의미에서 떠나보낸 민호.

그런데 오늘 민호는 인기 폭발이었다.

사실 장례식장에서는 많은 결혼 적령기 여성의 시선을 한몸에 받고 있었다.

그들은 안 회장의 방계 친지들.

족보를 살피면 꽤 가까운 조카딸들도 있었지만, 친척이라고 말할 수도 없는 아주 먼 촌수의 사람들도 많이 자리했다.

어쨌든, 그를 찾은 사람이 여자는 아니었다.

민호도 상대를 알고 있었는데, 그가 바로 안재현의 비서 신지석이다.

"무슨 일로?"

"회장님께서 전해달라는 말씀이 있습니다."

여기서 말하는 '회장님'이란 안재현이라는 것을 민호는 알았다.

대관식은 거행하지 않았지만, 벌써 새로운 시대를 선포
하고자 주변 가신들은 그를 회장님이라고 부르고 있었다.

"별로 듣고 싶지 않은데…."

"30세 임원, 35세 계열사 사장을 보장하셨습니다."

"와우. 대단한데요."

"그렇습니다. 회장님은 대단하신…."

"아니, 제가요."

웃으려고 했던 신지석의 얼굴이 살짝 굳었다.

하지만 곧 신색을 되찾고 부드러운 목소리로 말했다.

"혹시 삼국지 읽어보셨습니까?"

"……."

또 무슨 이야기를 하려고 삼국지를 들먹이는 것일까?

민호는 가만히 그의 눈을 들여다보았다.

일단 자신의 관심을 돌리는 데는 성공했다고 생각하는
것 같았다.

"이건 회장님이 전하신 말은 아닙니다. 순수한 제 생각
이죠. 삼국지에 보면 유비가 죽는 장면이 있고, 제갈공명에
게 유언을 남기죠."

"……!"

이제야 무슨 말을 하는지 알았다.

그리고 민호의 얼굴에 불쾌감이 감돌았다.

병실에 도청장치가 있는 게 분명했다.

안판석 회장의 모든 유언을 다 들었으리라.

그때 안 회장이 민호에게 남긴 말을 지금 유비가 제갈공명에게 남긴 유언에 빗대어 하는 걸 보니, 확실히 알았다.

유비는 죽을 때 부족한 자기 아들, 유선이 황제에 어울리지 않는다는 것을 알고 제갈공명에게 황위를 이어받으라고 했었다.

그 후 제갈공명은 평생을 촉나라를 위해 일했지만, 결국은 통일을 이루지 못하고 죽음을 맞이했다.

그리고 그가 죽은 후에 촉나라는 멸망을 했다.

"그렇군요."

"그럼. 현명한 결정 기다리겠습니다."

"아니, 지금 결정할 건데요?"

"……."

"저는 유선을 선택 안 할 거라고요. 그냥 재권이 형이랑 같이 놀래요."

"……!"

이번에는 확실히 당황했다.

민호가 말한 유선. 안재현을 지칭하고 있었기에.

"거절 의사는 분명히 들었습니다. 하지만 나머지 이야기는 못 들은 걸로 하겠습니다."

"내가 들었어!"

그때 등장한 안재현. 잠시 손님맞이를 자신의 동생 재열에게 맡겨놓고 나왔다.

그런데 뒤 따라 나온 사람이 바로 재권이다.

그 역시 신지석과 민호의 대화를 들은 것 같았다.

신지석은 황급하게 뒤로 물러섰다.

이런 말을 듣고 안재현이 기분이 좋을 리 없을 거로 판단했다.

그런데 뜻밖에 안재현은 개의치 않고 민호에게 이렇게 말했다.

"민호야, 배짱 맘에 든다. 아주 좋아."

"칭찬 고마운데요? 그런데 어쩌나… 저는요… 갑자기 당하는 일이라, 준비해 놓은 칭찬이 없습니다."

"난 말이야, 민호야. 내가 말한 거… 절대 취소하는 사람이 아니야. 그러니까 언제든지 와라. 제갈공명은 촉나라에서 죽었지만, 너는 죽기 전에 상사가 망하는 걸 먼저 볼 테니까."

그가 말하는 동안 민호는 재권을 살펴보았다.

소심한 그가 어떤 생각을 하고 있을지 몰라서.

그런데 의외로 담담한 표정이었다.

그러다가 보게 된 재권의 손.

민호는 그 손이 부들부들 떨고 있다는 것을 관찰했다.

그래도 대단한 거다. 힘들었을 텐데, 그 노력에 대해서는 충분히 가치를 인정하고 싶었다.

그래서 민호는 선물을 해주어야겠다고 생각했다.

일단 지금은 말로….

"그렇군요. 알겠습니다. 그럼 안 망하면 안 가도 되는 거죠?"

"……."

"그리고 거기… 신 비서님. 저도 제안할 게 있어요. 우리 회사에도 댁 같은 사람 한 명 필요하거든요? 언제든지 오세요. 아, L&S 본사가 망하면 이쪽으로 건너오시라고 해야 겠네요."

그 말을 듣고 어쩔 줄을 모르는 신지석.

그리고 재권의 얼굴에는 미소가 감돌았다.

눈빛은 민호에게 고맙다는 표시를 계속했다.

마지막으로 안재현은 표정으로는 절대 알 수 없는 얼굴로 민호를 한 번 바라보며 등을 돌렸다.

재현과 지석이 자리를 뜬 후에 재권은 민호에게 이렇게 말했다.

"고맙다, 민호야. 그리고…."

"……."

"나… 알고 있어. 네 안에 꿈틀거리고 있는 야망의 크기를. 그걸 인정하지 않고는 너와 나는 싸울지도 몰라. 공동대표가 말이 좋아 공동대표지, 자리는 하나인데, 그걸 노리는 사람이 몇이라면, 나눌 수 없다는 걸 요즘 깨닫고 있거든."

장례식장에서 형제자매들의 암투를 보아서였을까?

보통 이런 말을 하는 사람이 아니었는데, 민호가 살짝 놀랄지경이었다.

점점 재권이 변해가고 있었다.

이것을 반겨야 할지 말아야 할지는 모르겠다.

"그래서 차라리 인정하기로 했다."

"형님!"

"그러니 넌 내가 아버지의 그룹을 가지는 걸 도와줘. 난 네가….."

"……."

"최고가 되는 걸 도울 테니….."

그의 말을 듣고 민호는 미소 지었다.

'최고'라는 말은 추상적인 의미지만, 서로 그게 무엇인지 잘 알고 있었다.

바로 대한민국에서의 최고 기업 총수!

몇 차례 술자리에서 민호가 언급했던 걸 그는 기억해서 말한 것이다.

❧

안판석 회장이 간 이후에도 폭풍이 고요함 속에 잠재해 있었다.

아직 수면 위로 올라오지는 못했지만, 모두 알고 있었고, 누군가는 눈치까지 봤다. 지금이 그 누군가에게 기회이며, 변화의 시기이기 때문에.

장례식을 치르고 온 다음 날.

그가 출근했을 때, 민호는 알았다. 그가 많은 각오로 성격까지 개조할 정신으로 단단히 무장하고 왔다는 것을.

이렇게 변화의 시기라는 점에서는 재권에게도 마찬가지였다.

사실 장례식이 끝나자마자 큰 게 하나 뻥 터졌다.

바로 L&S의 사명이 바뀐 것이다.

그래서 모든 장례절차를 끝마치고 온 재권에게 민호가 물었다.

"성혜 그룹이 무슨 뜻이죠?"

"돌아가신 큰어머니 존함."

여기까지 듣고 민호는 더 묻지 못했다.

알고 보니 안재현은 친어머니의 한을 풀고 싶었던 것 같았다.

생각해 보면 안판석 회장은 여자 문제로 과히 좋은 사람이 아니었다.

난봉꾼인 그가 아들과 딸들이 싸우는 것을 자초한 면이 없지 않아 있었으니까.

얼마나 한이 되었으면 이름을 성혜라고 지었을까?

그런데 여기서부터 드디어 전쟁이 시작되었다.

정확히는 계열 분리의 출발점이 되었다.

가장 먼저 선언한 곳이 바로 민호네 회사였다.

이미 준비가 많이 되어 있는 상태였다. 언제 분리해도 이상하지 않을 만큼 박상민 사장은 철저히 준비해왔으니 말이다.

그리고 언론에 계열 분리가 떠들썩하게 터진 그 날 박상민 사장은 민호와 재권, 그리고 종섭을 불렀다.

"주식회사 글로벌이요?"

"그래. 임원회의 때 나온 회사 이름이다. 젊은 감각이 보면 어떤지 알아보려고 불렀어."

모두 그 이름이 나쁘지 않다고 말하자, 드디어 상사도 새로운 이름으로 새로운 출발을 알렸다.

– 주식회사 글로벌. 무역상사 글로벌.

민호는 생각했다. 이곳이 바로 자신의 꿈이 뻗어 나갈 도약지점이라고.

문제는 가시밭길이 예약되었다는 점이다.

앞으로 안재현의 수많은 견제가 있을 텐데, 상사의 임직원들은 똘똘 뭉쳐 온몸으로 방어해야 할 것이다.

또한, 민호가 해결해야 할 또 한 가지 문제가 있었다.

재권에게 구인기 과장에 대한 일을 알려야 할 때가 왔다.

언제까지 숨길 수 없는 일.

그날 자주 가던 바에서 보자며 재권과 약속을 잡았다.

그런데 바에서 먼저 도착해 앉아 있는데, 잠시 후에 종섭이 도착한 게 아닌가.

"어?"

민호의 입이 아닌 종섭의 입에서 나오는 소리였기 때문에, 그 역시 지금의 상황이 의외였나 보다.

바로 재권이 등장했기에 두 사람은 일어서서 이게 어떻

게 된 일인지 물어보는 표정을 지었다.

재권은 그들을 보며,

"앉아, 민호야. 그리고 앉아요, 가짜 첩자."

## HOLIC : 그의 직장 성공기

### 73회. 재권의 성장

민호와 종섭, 두 사람의 얼굴에 큰 느낌표가 딱! 하니 박혔다.

그리고 바로 종섭이 자신을 쳐다보는 것을 느낀 민호는 고개를 좌우로 저었다.

자신이 말 한 게 아니라는 뜻.

"도대체…"

"어떻게 아셨습니까?"

두 사람의 행동이 재미있다는 듯이 재권은 가볍게 웃었다.

그때 여자 바텐더가 이들의 대화를 살짝 방해하며 말했다.

"저번에 킵 해놓으신 걸로 꺼낼까요?"

빨간 립스틱을 바른 그녀의 시선은 민호를 향해 있었다.

늘 그렇지만, 민호는 시크하게 고개를 끄덕였다.

눈길을 주지 않는 사람.

혹시나 몰라 오늘은 가슴이 돋보이는 옷을 입었는데….

"안주는…."

'어떤 걸로 할까요?' 라고 물어보려고 질문하던 그녀의 말문이 막혔다.

민호가 그만 질문하라고 손을 잠시 들어 올렸던 것이다.

하지만 그 모습이 안 돼 보였는지, 종섭이 친절한 웃음으로 바텐더에게 말했다.

"과일 주세요, 아가씨."

웃을 때 보이는 하얀 건치.

바텐더는 민호보다는 못 하지만, 이 남자도 충분히 멋있다고 생각했다.

그때 그녀의 귀에 들리는 목소리.

"전 찬물을… 먼저 주세요."

재권이었다. 그는 앞으로 펼쳐질 재미있는 이야기에 먼저 목을 축이려고 그녀에게 부탁했다.

꿀꺽꿀꺽꿀꺽.

물을 다 마신 재권은 입 끝에 미소를 매달고 있었다.

그는 생각했다. 조금 더 뜸을 들이자고. 민호와 종섭이 안절부절못할 때, 그때 공개해도 늦지 않다고 생각했다.

그런데 그의 생각은 반만 맞았다.

그가 뜸을 들이는 동안 민호의 머리는 쉴새 없이 돌아가면서, 드디어 답을 얻어낸 것이다.

하지만 입 밖으로 꺼내지 않았다.

그는 재권이 이번 기회에 정신적으로 엄청난 성장을 했다는 것을 알았다.

아직도 더 성장할 여력이 남았다는 것도 파악했다.

그렇다면, 굳이 방해할 필요는 없었다.

대신 재권의 입이 열릴 때 속으로 그 사람의 이름을 되뇌었다.

'허유정⋯.'

"유정이가 알려줬어."

역시 민호의 생각이 맞았다.

종섭 역시 박상민 사장을 통해서 종로 큰 손의 존재를 알았다.

그가 운영한다던 찌라시 공장도.

박상민 사장과 종섭 역시 돌아가는 상황을 알고 있어야 보조를 맞춘다.

그래서 입을 연 종섭.

"그곳에서 나온 정보라고요? 이거⋯ 참⋯."

말을 더 잇지 않았지만, 종섭은 고개를 갸웃거리며 의문을 표시했다.

그리고 그 의문을 민호가 대신 칭얼거리듯이 말했다.

물론 이 또한 연기였다.

"이거 정말 너무하는군요. 보안에 신경 써줄 줄 알았는데… 이래서는 뭘 믿고 그쪽하고 같이 일할 수 있을지…."

"아니, 아니. 그렇게 말하지 마."

벌써 역성을 드는 것일까? 재권은 손을 저으며 민호에게 재빨리 변명했다.

"유정이가 말했어. 원래 그 거래는 너랑 장인어른하고 사이에서 발생한 거라고. 이제 자신이 장인어른의 모든 걸 이어받았으니, 이전 계약은 무효라고."

이제는 장인어른이라는 말이 입에 착착 감기나 보다.

종로 큰 손을 칭할 때, 그 표현을 계속 하고 있으니 말이다.

그런데 민호는 그의 말을 듣고 더 목소리에 힘을 주었다.

"말에 어폐가 있네요. 그냥 형님한테 알려주고 싶었다고 하면, 끝인데…."

"……."

재권이는 꿀 먹은 벙어리가 되었다.

사람은 갑자기 변하기 쉽지 않았다. 민호에게 쩔쩔매는 그 성격이 어딜 가겠는가.

다만 서서히 변한 부분이 있었다.

결정력 장애의 점진적 극복과 약한 멘탈의 치유.

민호는 모르겠지만, 장례식장 이후 재권은 자신에게 쏟

아지는 형제자매들의 견제를 묵묵히 이겨냈다.

　마지막 날 찾아온 유정은 사실 그 모습에 모든 걸 털어놓았다.

　그 장면을 회상하며 재권은 다시 한 번 민호에게 항거해본다.

　"그런데 사실 네가 사과해야 하는 거잖아. 나를 완벽히 속인 거에 대해서."

　"그 점은 미안하게 생각해요. 하지만 다시 그때로 돌아가더라도 저는 같은 선택을 했었을 거 같아요."

　"저도 김 대리의 의견에 동의합니다. 만약 부장님이 이 작전에 동참하셨다면, 성공 가능성은 절반 이하로 떨어졌을 겁니다."

　"헐… 이 과장까지… 하긴 둘이 공모했으니, 오리발을 내밀겠지. 뭐, 이해는 해. 그때와 지금의 안재권은 다르니까."

　과연 그럴까? 약간 다를 수도 있다고 생각했다.

　하지만 변해가는 과정일 뿐이지, 완전히 변했다고 믿지 못하는 두 사람.

　그것을 시험해보고 싶은 민호는 그를 테스트하기 위해서 과제를 하나 던져봤다.

　"이젠 어쩔 수 없네요."

　"……"

　"구 과장을 부르는 수밖에…."

"……!"

"……!"

민호의 말에 재권뿐만 아니라 종섭도 깜짝 놀랐다.

구 과장을 부르다니!

"설마… 너….'"

역시 눈치채고 있었다. 예전에도 머리는 나쁘지 않은 재권이었다. 이제 자신이 말하면 어느 정도 낌새를 알아채는 게 종섭과 비슷한 수준에 이르렀다.

심지어 표정도 곧바로 당황함을 지우고 고개를 끄덕이며 이렇게 말했다.

"내 '발' 연기보다는 구 과장의 연기력이 훨씬 낫기야 하지."

재권은 오늘 민호와 종섭의 뒤통수를 완전히 후려갈기기 위해서 이 자리를 마련했다.

물론 이 자리는 민호가 계획했지만, 만날 약속에 앞서서 종섭을 부르며 극적 효과를 노렸던 것이다.

처음에는 성공했다.

민호의 얼굴에서 느낌표를 떠올리게 했으니.

절반의 성공이라고 자평하는 재권.

하지만 이대로는 만족할 수 없었다. 오늘 더 많은 것을 보여주고 싶었다.

자신은 이제 누군가의 민폐가 아니며, 의존증이 매우 높은 결정력 장애 환자도 아니라는 사실을 알려주기를 바랐다.

돌아가신 아버지에게 약속했다.

더는 그런 삶을 살지 않겠다고.

그 눈빛을 보고 자신에게 귀한 정보를 알려준 유정에게도 말했다.

하나의 어른으로서 삶을 살아가겠다고.

화르르르륵.

갑자기 그의 눈빛에 불꽃이 피어올랐다.

그리고 아예 오늘 모든 승부를 걸고 싶었던지, 민호에게 이렇게 말했다.

"구 과장 지금 불러!"

"네?"

"쇠뿔도 단김에 빼라고 했어. 지금 불러서 하자. 어차피 이런 일을 시간 끄는 것도 뭐하고… 안 그래?"

민호는 생각보다 더 자라버린 재권의 멘탈에 흡족한 미소를 지으며 고개를 끄덕였다.

잠시 후 희희낙락한 표정의 구 과장이 민호의 전화를 받고 그야말로 총알처럼 바에 도착했다.

재권이 있다는 소식까지 전해 들었다.

그렇다면 더 많은 정보를 얻어낼 수 있지 않겠는가.

내일 신지석에게 전화해서 많은 정보를 넘길 수 있다는 생각에 기분이 좋지 않을 리가 없었다.

요즘은 실시간으로 통장에 찍히는 돈을 보는 재미에 물

들었다.

안타깝게도 빚을 갚는 데 다 써야 하는 게 문제다.

그리고 지금 그 빚을 다 갚지 못할 수도 있다는 예감이 들었다.

바에 들어왔을 때, 함께 앉아 있는 종섭을 보고 머릿속에 무언가 획하고 지나갔다.

"어… 이… 과장이 여기에… 있네. 하하하…."

허탈한 웃음. 뭔가 찔리는 표정. 그리고 많은 것을 눈치 챈 눈빛까지….

그는 대답도 없이 차가운 표정으로 자신을 바라보는 세 사람을 보며 직감했다.

빠져나갈 구멍이 없다는 것을.

그래도 법적인 문제는 피해갈 수 있을지도 모른다.

증거를 남기지 않기 위해서 온갖 노력을 다했으니.

물론 재권이 내민 휴대폰 속 사진을 보면서, 그는 아연실색할 수밖에 없었다.

"이… 이건 조작입니다."

"글쎄요. 요즘 기술이 발달해서 합성을 만들 수도 있겠지만, 역설적으로 그 기술 덕분에 합성이 아니라는 것도 밝힐 수 있습니다."

확실히 예전과는 달라진 재권이었다.

한 장 한 장 넘기는 사진에 신지석과 함께인 구 과장의 모습이 계속해서 나왔다.

이 모든 게 다 유정이 보내준 것이다.

이 순간에도 자신에게 협조해 주었던 그녀가 정말 고맙다는 생각이 들었다.

종섭은 옆에서 보고 있다가 꼼짝없이 걸려든 구 과장의 표정을 보고 혀를 찼다.

"쯧쯧쯧…, 구 과장님. 어쩔 수 없네요. 이제… 그만 항복하시죠."

"으…."

이번에는 민호 차례였다.

궁지에 너무 몰아넣으면 안 된다는 걸 알았기에, 드디어 함정의 문을 열어주기 시작했다.

"항복과 동시에 우리에게 협조하세요."

"그… 그게 무슨 소리…."

"이중 첩자!"

단 네 글자로 모든 설명이 가능하다는 걸 구인기는 이번에 느꼈다.

잠시 고민할 시간이 필요했다.

다른 사람들도 마찬가지다.

그가 고민할 시간을 좀 주어야 한다.

그렇지 않으면, 모든 걸 포기할 수도 있었다.

그리고 채찍을 꺼냈으면 당근도 생각해보는 게 당연한 일.

약간의 시간이 흐르고 재권의 입에서 슬슬 당근책이 나오기 시작했다.

"만약 일을 성사시키면, 빚을 해결해드릴게요."

"헉… 그것도 알고 계셨습니까?"

"그럼요. 아내분과 이혼 도장까지 찍었다는 것도요. 그래서 위자료까지는 막았는데, 매달 들어가는 양육비를 꽤 물어야 한다는 것쯤은 다 입수했습니다. 물론 그것도 부담할 수 있고요."

구인기의 눈이 심하게 흔들렸다.

이 정도라면 위험을 감수할만했다.

사실 마음에 드는 건 이쪽이었다.

아무리 그래도 안재현보다 더 정이 붙었고, 무엇보다도 만만했다.

그런데 그것도 아닌가 보다. 민호의 입이 열리면서 그의 치부가 낱낱이 밝혀지기 시작했다.

"…그래서 지금까지 증거를 봤을 때, 형사 소송을 거치면, 구속까지 할 수 있습니다. 좋은 변호사 쓰시지 않으면, 꽤 오랫동안 흔히 말하는 '콩밥'을 먹을 수 있죠."

"민호야, 그만해라."

"아뇨. 전 사실 아까부터 반대했지 않습니까? 그냥 바로 검찰에 넘기자고. 형님이 너무 마음이 약하십니다. 저 같으면…"

민호는 말하다 멈추고 잠시 구 과장을 노려보았다.

그 눈에는 정말 형사조치 하겠다는 의지가 엿보였다.

그런 그를 말리는 건 종섭. 셋이 돌아가면서 구 과장을 들었다 놓았다 하고 있었다.

"그만해, 김 대리. 자, 자. 구 과장님. 이미 답은 정해져 있어요. 여기 술 한잔 하시고…."

자신도 모르게 종섭이 따라주는 술을 두 손으로 받는 구인기.

그리고 받자마자 스트레이트 잔을 입에 털어 넣었다.

매우 써야 하는데, 그 맛이 느껴지지 않았다.

마지막으로 그의 귀에 들리는 재권의 목소리.

"협조하세요, 구 과장님. 전… 구 과장님을 버리고 싶지 않습니다. 기회를 드리고 싶어요. 실수를 만회하고… 주식회사 글로벌!에서 올라갈 수 있을 곳까지 올라가도록! 그렇게 만들어드리고 싶습니다. 만약 그렇게 된다면, 떠났던 사람도 돌아올 겁니다."

결국, 구인기의 고개를 끄덕여졌다.

사실 어쩔 수 없는 사면초가의 상황이었다.

그가 선택할 수 있는 길은 딱 하나밖에 보이지 않았으니.

"그럼…."

"……."

"뭐부터 해야 합니까?"

이제 약간 풀이 죽은 목소리로 그는 세 사람을 보았다.

순간 민호의 입꼬리가 말려 올라갔다.

그리고 드디어 나오는 계획들.

구인기 과장의 귀에 쏙쏙 들어오도록 아주 쉽고 간단하

게 표현했다.

모든 전달이 끝나고 구 과장은 집으로 귀가했다.

그리고 남은 세 사람은,

"위하여!"

축배를 들었다.

가장 큰 목소리는 재권의 것이었다.

그것을 듣고 민호의 얼굴에 웃음이 감돌았다.

처음에 호부견자, 즉, 호랑이 아버지에 개와 같은 아들이라는 평가를 받았던 재권이었다.

하지만 이제야 그 평가를 뒤집기 시작했다.

자신감을 완전히 찾은 목소리가 그것을 증명하리라.

앞으로 어떤 험난한 길이 있더라도 헤쳐나갈 수 있다는 확신감을 민호는 다시 한 번 느꼈으니까.

# 홀릭

HOLIC : 그의 직장 성공기

## 74회. 1차 입찰을 앞두고…

모든 사람이 쉽게 변하는 것은 아니다.

어떤 것이 본성이었는지는 모르지만, 술을 먹으면 자신도 모르게 가장 익숙한 자아를 꺼내곤 한다.

술이 술을 먹는 상황까지는 아니더라도, 거나해질 정도가 되자, 재권이 그랬다.

아까까지는 민호를 닮아가는 말투와 시크한 행동으로 종섭의 감탄을 사더니 약간 혀가 꼬이면서 점점 예전의 모습이 드러나는 것 같았다.

"나 있잖아… 변할 거야! 정말 변할 거야! 하지만 네가 좀 도와줘야해. 알았지, 민호야, 응?"

"그러셔야죠, 형님!"

혀가 꼬인 재권의 말에 살짝 보조를 맞춰주는 민호.

그것을 보며 종섭은 고개를 좌우로 저었다.

그는 아직도 재권이 변할 수 없다고 생각했나 보다.

"어? 이 과장… 지금… 고개 저었어? 그지? 고개 저은 거 맞지?"

"네? 아… 아닙니다."

"맞잖아! 방금 내가 봤어. 나 안 취했다고. 정말… 나 안 취했다고!"

"네, 네. 안 취하셨겠죠. 그럼요."

그래도 종섭은 상대방을 맞춰줄 줄 알았다.

사회생활 경험이 풍부하기도 했고, 지금까지 해왔던 영업 기질이 술자리에서 녹아있었다.

물론 그게 과하면, 편법과 불법을 오가는 짓도 서슴지 않았지만, 지금은 아니다. 굳이 그럴 이유도 없고, 민호라면 모를까, 재권과 척을 지고 싶지는 않았다.

그런데 취한 재권은 그의 말을 계속 믿지 않았다.

"우쒸… 자꾸 그러면… 정말… 자꾸 그러면… 내가 이 사진 공개한다!"

재권이 갑자기 자신의 스마트폰을 꺼냈다.

그것을 보고 민호가 궁금한 눈빛을 보였다.

아직도 무언가가 남아있을까?

"뭘 공개하신다는 겁니까?"

"내가 말이야… 구 과장의 비밀 말고, 여기 있는 이종섭 과장의 비밀도 알고 있거든. 하하하."

완전히 흐트러진 모습이었다.

하지만 그가 거짓말을 잘 못한다는 것을 잘 아는 민호였다.

종섭에 대한 비밀을 알고 있다고 부르짖는 걸 보니 확실히 뭐가 있긴 있었다.

아마도 여자관계가 복잡한 종섭의 치부가 찍힌 게 틀림없었다.

그래서 민호는 고개를 저으며 종섭을 바라보았다.

반면 종섭은 완전히 억울한 얼굴이었다.

"제가… 무슨… 비밀이 있다고…."

"있어! 비밀. 우리 유정이가 이걸 보내줬단 말이야! 짜잔! 봐봐!"

재권은 몇 차례 사진을 넘겼다.

사악, 사악, 사악.

사진 넘기는 소리가 두 사람의 귀에 들리고, 사진 속에서 구인기 과장이 신지석을 만나 내통하는 장면을 봤을 때에는 속이 부글부글 끓기도 했다.

그러다가 종섭이 나왔다.

어딘가로 들어가는 모습이 찍혔다.

급기야 사진은 종섭이 들어간 간판까지 보여주었다.

- 당당한 남성을 디자인하다. 강한남성의원

"으아아아아…."

종섭도 많이 거나해진 상태.

그런데 술이 확 깨는 기분이었다.

비명을 지르며 재권의 스마트폰을 빼앗았다.

하지만 재권의 움직임이 더 빨랐다.

"안 줘, 이 자식아. 크하하하하."

"뭔데요? 전 자세히 못 봤어요. 형님 보여주세요."

민호는 사실 진짜 못 봤다.

그래서 궁금했다. 종섭이 어디로 들어가고 있었던 것인지.

"보고 싶어? 보고 싶지? 크하하하하."

"안 돼요. 보여주지 마십시오. 제발."

종섭은 그만 재권에게 약점을 잡혀 버렸다.

하지만 여기까지여야 한다고 생각했다.

그것을 민호에게 알리고 싶지 않았다.

그래서 간절한 눈빛으로 재권의 동정심을 끌어내기를 바랐다.

그 눈빛을 본 재권.

살짝 마음이 약해지는가.

"흠. 그럼 형님이라고 불러."

"네?"

"내가 생일이 빨라서 학교에 일찍 들어갔단 말이야. 솔직히 너보다 한 살 더 많은 사람이랑 친구 먹는다고…."

"그… 그래도… 아닙니다. 아닙니다. 형님, 형님으로 모시겠습니다."

그 모습을 본 민호는 이제 인정해야 했다.

술을 먹으면 나타나는 본성.

재권은 남의 약점을 취해서 이용할 수도 있는 자아를 가진 남자라는 걸.

속으로 조심해야겠다는 생각을 하며 목으로 넘어가는 양주의 맛을 곱씹었다.

❈

다음 날 아침.

민호는 또 지독한 숙취에 머리를 부여잡고 일어났다.

직장인들의 아침은 늘 이랬다.

그나마 민호는 거래처 접대를 거의 하지 않는다.

만약 그랬다면, 폐인 생활로 접어들었을지도 모른다.

어쨌든, 허겁지겁 출근 준비하고 시동을 걸며 유미의 아파트로 향하는데….

"어라?"

하늘에서 눈이 내리기 시작했다.

많은 양은 아니었지만, 첫눈이 그의 마음을 상쾌하게 해주었다.

유미와 사랑의 여행을 진행 중이라서 그런가, 더더욱 마음이 설레는 민호.

아파트에서 유미를 태우고 상큼한 그녀의 내음을 맡았을 때는 더더욱 설레는 마음을 어쩔 수 없었다.

"미안해. 맨날 술만 먹고 다니지? 요즘. 하하하."

유미는 그의 말에 미소를 가득 품으며 고개를 가로저었다.

같은 회사에 근무하는 장점이었다.

그가 음주할 수밖에 없는 이유를 다 알고 있기에.

다만,

"그래도… 대리 꼭 불러서 다녀. 아니면 아예 술 먹는 날은 나 안 태우러 와도 되니까, 그냥 출근하든지."

라고 말하며, 걱정해주었다. 자신에게 늘 과분하다고 생각한 그녀에게 민호는 고개를 저었다.

"그럴 순 없지."

사실 그에게 하루 중 가장 소중한 시간을 꼽아보라면, 바로 아침에 유미를 데려다 주는 시간이라고 말할 수 있었다.

프리미어 마트 진행과 시내면세점 공작, 거기다가 안판석 회장의 장례식까지 터지면서 요즘 눈코 뜰 새 없이 바빴다.

둘만의 시간을 가지려고 노력해야 할 정도다.

그랬기에 아침에 그녀와 함께 오는 시간이 행복했다.

더군다나 다 와서 그녀는 또 봉투를 꺼내어 자신의 주머니에 넣었다.

그의 직장 생공기
279

그는 다급하게 그녀를 말리려고 말을 꺼냈다.

"유미야, 이러지 마라니까."

"아니야. 줄 건 줘야지."

그녀를 차로 데려다 주기 시작하면서 그녀는 그에게 한 달에 한 번 돈을 주었다.

큰돈은 아니지만, 그렇게 해야 자신의 마음이 편하다고 말하는 유미.

"기름값은 회사에서 나온다고 했잖아. 이러면 나에게 공돈이 된단 말이야."

"그럼 그걸로 나중에 선물 사주면 되잖아."

"응?"

"꼭 안 사줘도 되고. 어쨌든, 그래야 마음이 편해. 자, 그럼 올라가요, 김민호 대리님!"

그렇게 말하고 차에서 내리는 유미를 멍하니 지켜보다가 기분 좋은 미소를 짓는 민호였다.

이런 면에서는 자신의 여자 친구가 칼 같았다.

무임승차해서 받을 거 다 받고 실컷 남자친구에게 무언가를 바라는 사람과는 매우 다른 그녀가….

정말 마음에 들었다.

할 수만 있다면, 빨리 결혼하고 싶은데, 그녀에게 몇 번 이야기했다가 난색을 보이는 그녀의 얼굴을 보았다.

처음에는 자신이 너무 서둘렀다고 생각했다.

그런데 알고 보니 그녀의 아버지가 반대한다고 말하는

그녀.

자신을 반대한다는 게 아니라, 너무 빠른 결혼 자체를 반대하는 그녀의 아버지였다.

최소한 2~3년쯤 교제하고 나서 생각해보자는 전직 군인 출신 미래의 장인어른 말에 민호는 잠시 '깨갱' 할 수밖에 없었다.

그래도 자신에게 직접 말한 게 아니다.

언젠가는 그에게 강력히 도전하리라.

이런 생각에 출근해서 오늘도 치열한 하루를 시작했다.

일단 구인기 과장은 평소와 같이 출근해서 사무실에 있는 자신과 재권, 그리고 종섭의 눈치를 보곤 했다.

그리고 잠시 후 유리 회의실에서 넷이 모였을 때, 구 과장은 신지석과 통화한 내용을 유리 회의실에서 알려 주었다.

"다음 주에 있을 1차 입찰액을 다시 한 번 확인해주었습니다. 300억 원이라고. 그런데 솔직히 걱정입니다."

민호는 그가 하는 말이 무슨 뜻인지 알고 있었다.

입찰액이 달라지면, 자신이 의심받을까 봐 우려된다는 이야기였다.

그래서 재빨리 입을 열었다.

"입찰액은 비공개입니다."

"그건 저도 알고 있습니다. 관세청에서 공시한 것을 봤으니까요. 1차 입찰액으로 사업자 기준에 맞는 곳을 추린다는데, 만약 글로벌 무역상사가 살아남고 성혜그룹이 떨어진다면….”

“글쎄요, 안재현이 그렇게 만만한 사람은 아닐 겁니다. 지켜봐야 알겠지만, 전 우리 회사와 성혜그룹 둘 다 살아남을 것 같은데요.”

“그럴까요?”

“결국은 2차에 가려질 겁니다. 저를 믿으십시오.”

민호가 살짝 미소를 띠며 구 과장에게 말했다.

구 과장은 약간 갸웃했지만, 그로서는 이제 호랑이 등에 탄 상황이었다.

이중 첩자를 하는 입장에서 선택의 가짓수는 이게 끝이었다.

일단 납득했다는 눈빛을 보내자, 이번에는 재권이 말을 꺼냈다.

“다음 주 1차 입찰은 제가 가겠습니다.”

그런데 종섭은 그 이야기를 듣자마자 이의를 제기했다.

“제가 가려고 했습니다만….”

“……?”

“솔직히 말씀드리면, 이번 면세점 건은 온전히 제 성과로 올린다고 김 대리와 거래한 겁니다.”

직장인들에게 실적은 매우 중요했다.

기획안의 통과, 그리고 추진과 성공. 이 모든 것이 쌓이면서 위에서 보는 사람에게 자주 노출된다면, 당연히 빠른 승진을 기대할 수 있었다.

그래서 쉽게 내놓을 수 없다는 눈빛을 내보인 종섭.

재권은 고개를 끄덕였다.

"좋습니다. 그럼 이 과장이 고생해주세요."

"감사합니다."

종섭의 표정이 제대로 돌아왔다.

사실 안도의 한숨을 쉬었다.

그럴 리야 없겠지만, 구 과장이 간 후, 어제 술 마실 때 있었던 일로 재권이 자신을 협박(?)할지도 모른다고 생각했기 때문이다.

더군다나 이제 자연스럽게 시내면세점 건은 자신의 것으로 박아두기까지 했다.

큰 소득을 올린 오늘 아침 회의였다.

그렇게 회의가 끝나고 나가려는데, 규연이 민호를 찾아왔다.

이번에는 또 웬일인가 하고 그녀를 주시해서 보았다.

"주말에 시간 되시죠?"

"네?"

"이번 주말에 시간 비워놓으셔야 할 일이 생겨서요."

오늘은 화요일. 아직 주말이 되려면 멀었지만, 민호의 하는 일이 날짜를 따질 수 있는 종류의 것이 아니었다.

그는 주말에 프리미어 마트의 진척사항을 보러 자양동을 가려고 계획했었다.

"무슨 일인지 모르겠지만, 주말에 자양동 현장을 가야 합니다. 죄송합니다."

"아, 그래요? 그럼 어쩔 수 없겠네요. 다음에 일정 다시 잡아서 올게요."

무슨 이유인지도 말 안 해주는 규연.

의미심장한 미소만 짓고 사무실을 나갔다.

일부러 그렇게 웃는 거로 생각한 민호는 오기가 발동해서 전혀 안 궁금하다는 표정으로 그녀를 그냥 보냈다.

왜 왔는지에 대한 이유를 한 마디도 묻지 않고.

그런데 잠시 후 유미에게 '톡'이 왔다.

- 오빠?

- 응?

- 혹시 박규연 과장 왔어?

- 응. 왔지.

- 할 거야?

이게 무슨 소리일까? 뭘 한다는 이야기일까?

궁금해서 뭘 하는 거냐고 물어보는 '톡'을 하려고 할 때, 다시 유미에게 '톡'이 왔다.

이번에는 길었다.

- 주말에 제주도에서 하는 촬영 말이야. 저번에 인기투표 1위 했잖아. 올해에는 회사이름도 바뀌어서 동영상까지 홈페이지에 놓는다고, 제주도에서 촬영할 건가 봐.

여기까지 읽고 민호는 이제야 파악했다.

인기투표 1위는 1년 동안 사내 모델이 된다.

그래서 회사의 홍보를 위해 가끔 촬영해야 하는데, 이번 에는 좀 많은 시간을 빼앗아야 하기에 홍보팀에서 그에게 의향을 타진하러 왔다는 것을 알았다.

민호는 고개를 갸웃했다. 그렇다면 규연의 의미심장한 미소는 무엇일까?

정답은 바로 알게 되었다. 민호가 가만히 대답도 하지 않 고 있자, 유미의 '톡'이 왔고….

– 난 고민 중이야. 1박 2일이래서….

그의 눈이 엄청나게 커졌다.

HOLIC : 그의 직장 성공기

## 75회. 매력으로 물건 팔기

민호는 재빨리 유미에게 '톡'을 날렸다.

– 갈 거야. 너도 가자. 가야 해. 회사를 위해서, 우리가
홍보대사가 되어야지. 안 그래?

– 홍보대사? 뭐 그렇게 거창하기까지.

– 어쨌든, 지금은 매우 중요한 시기야. 이런 일에서 자꾸
뒤로 물러서면 안 되니까. 가자! 갈 거지? 가야 해.

– 알았어…

민호의 얼굴이 '급 방긋' 했다.

그런데 이게 끝이 아니었다. 그는 재빨리 홍보팀의 규연
에게 전화했다.

(김 대리님? 전화하실 줄 알았어요. 호호호호.)

야비한 여자다. 처음부터 용건을 이야기하면 되는데, 자신을 함정에 몰아넣고 어떻게 반응하는지 테스트해보고 있었다.

나중에 분명히 복수한다고 생각하며 그는 목소리를 깔았다.

"1박 2일이죠? 그런데 방은 자체적으로 잡아도 될까요?"

(그건 재무팀과 상의해봐야 하는데… 아마 가능할 거예요. 나중에 영수증만 주면 돼요.)

그녀의 목소리에 웃음이 깔렸다. 민호의 의도를 다 파악한 것이다.

어차피 상관없었다. 그녀에게 허락 맡고 거사(?)를 치를 생각은 절대 아니라서.

이로써 크리스마스에 계획한 것은 하늘 높이 날아가 버릴 예정인가.

아니다. 지금도 거사, 그때도 거사. 거사는 잦을수록 좋았다.

무엇을 상상하는지, 민호의 입이 좌우로 찢어지기 시작했다.

✤

이제 부회장에서 회장이 된 안재현.

최소한 성혜 그룹 안에서만큼은 무소불위의 권력을 얻

었다.

그가 든 칼을 어떻게 휘두를 건지가 주목되는 상황에서 먼저 칼바람을 맞은 것은 오히려 안재현이었다.

주식회사 글로벌이 분가를 한 데 이어서, 고 안판석 회장의 첫째 사위 유민승이 반기를 들었다.

눈치를 보고 있다가, 박상민 회장과 재권이 계열 분리를 선언하자, 자신감을 얻었는지, 그도 건설회사를 따로 떼어내 버린 것이다.

그 뉴스를 보며 미소 짓는 재권.

확실히 성장한 티가 나서 민호는 흐뭇했다.

아버지를 잃은 슬픔과 형제들에게 왕따 당하는 현재 상황이 그의 말마따나 그를 강하게 만들고 있었다.

다음 주 1차 입찰까지 따낸다면 그의 자신감은 더더욱 커질 것이다.

하지만 언제나 방심은 금물이었다.

어차피 금액은 정해졌으니, 남은 기간에 차라리 프레젠테이션 준비와 여러 가지 관세청이 혹할 계획을 접목하는게 중요했다.

이것은 전적으로 종섭이 관장했다.

그는 정말 열심히 일했다. 최소한 민호에게 직급까지 역전당하고 싶지는 않았기에.

물론 옆에서 보는 민호는 크게 개의치 않았다.

그는 머리가 좋아지면서, 오만함까지 같이 커져 버린 느낌이었다.

이제 종섭은 자신의 적수가 아니라는 눈빛으로 업무에 충실했다.

민호도 사실 바빴다.

주말에 들리려고 한 현장을 미리 들려서 점검해야 했으니.

거기다가 엘니뇨로 인해 팜유의 가격이 생각보다 더 뛰어오르자, 웅심과 협상을 해야 했다.

화장실 들어갈 때와 나올 때가 다르다더니, 계속 같은 가격으로 공급한다는 것은 가뜩이나 자금이 필요한 주식회사 글로벌로서는 생각해 봐야 할 상황이었다.

그래서 가진 재협상이었는데, 쉽지가 않았다.

어쩔 수 없이 연말에 다시 한 번 협상하기로 하고 민호는 건설 현장에 들어갔다.

그리고 아무리 급해도 돌다리를 두들겨 보는 심정으로 꼼꼼하게 체크한 그는 생각보다 더 빨리 일을 마무리할 수 있었다.

이때가 목요일이었다.

이제 금요일을 지나 토요일이 오면 마음이 쿵쾅거리는 계획을 실현할 수 있을 것 같았다.

처음에는 바빠서 마구 흘렀던 시간이었는데, 생각보다 업무를 빨리 끝낸 탓에 오히려 여유 시간이 남았다.

그때 한결 여유를 찾은 민호를 신 차장이 불러 잠시 일을 맡겼다.

"네? 어떤 거요?"

"인턴들에게 창고 가서 물건 받아서 팔아오라고 해. 근데 민호 씨는 이거 안 해봤구나."

신주호 차장에게 특별한 임무를 받았다. 창고에서 재고 상품을 팔아오라는.

정확히 말하면 인턴들에게 팔아오라고 지시를 내리는 일이었다.

"이거… 다 했던 겁니까?"

"그럼. 다 했지. 때로는 빠른 승진이 이런 경험을 놓치게 하는구나. 사실 좋은 경험이 될 텐데…."

이것이 뜻하는 바는 간단했다. 재고 정리를 위한 게 아니라 다른 의미가 내포되어 있었다.

즉, 얼마만큼 물건을 팔 것인가? 그리고 얼마의 이익을 남길 것인가?

무조건 이익이 생기지는 않는다. 때로는 손해를 볼 수도 있다. 하지만 이익이 크면 클수록 그 사람의 능력치가 되니까, 영업력, 정확히 말하면 영업의 잠재력을 알아볼 수 있는 척도였다.

"이거 혹시 어떤 드라마에서 나온 거 아닌가요? 제가 그 드라마 팬이었는데…."

"응? 아, 그거? 정확히 말하면, 드라마가 현장을 고증한 거지. 실제 무역상사에서 그런 식의 특별외근은 매우 많아. 아무튼, 그거 인턴들에게 지시해 줘. 난 외근이 있어서 이만."

그렇게 말하고 뒤돌아서는 신 차장.

민호는 자리로 돌아가서 인턴 둘에게 지시받은 것을 설명하기 시작했다.

그의 말을 요약하면 다음과 같다.

첫째, 창고에서 재고품을 고른다. 고를 때, 그 어떤 것을 골라도 상관없지만, 총합 10만 원을 넘어가서는 안 된다.

둘째, 그것을 퇴근 전까지 팔아서 10만 원 이상의 수익을 올리면 된다.

셋째, 만약 10만 원이 안 될 경우 손절매라도 해야 한다.

넷째, 지인에게 파는 것은 원칙적으로 금지다.

"질문 있습니까?

번쩍.

설명이 끝나자, 반듯한 네모돌이 조정환이 기다렸다는 듯이 민호에게 질문했다.

"손절매라도 해야 한다는 이유를 알려주십시오."

"손절매도 영업의 한 가지 방법입니다. 회사에는 물건을 들여오거나 내보낼 때, 쌓이는 재고보다 빠른 현금화가 더 우선이기 때문이니까요."

번쩍.

이번에는 송연아가 손을 들었다.

"따로따로 움직이나요?"

"그렇습니다. 실질적으로 두 분은 경쟁상대나 마찬가지입니다. 저기 옆에서도…."

민호는 창조영업부 2팀에서도 종섭에게 지시를 받고 있는 두 명의 인턴을 가리켰다.

오늘 2팀의 실무를 담당하는 대리가 지방 출장을 갔기에 어쩔 수 없이 종섭이 설명하고 있었다.

"지금 설명을 듣고 있는 게 보이시죠? 저 인턴들도 경쟁상대입니다. 그러니까 더 많은 이익을 남기시기를 기원합니다."

그런데 2팀의 인턴들을 가리키자 종섭이 민호를 보며 비웃었다. 그리고 하는 말.

"경험도 없는 사람이 지시는 잘 내리네."

작은 목소리가 아니었다. 민호와 두 인턴의 귀에 들릴 정도로.

네모돌이 조정환과 동글동글한 송연아는 민호의 눈을 똑바로 쳐다봤다.

그 눈빛은 '진짜인가요?' 라고 묻는 것 같았다.

대답을 요청하는 시선에 가만히 있을 수는 없는 법.

민호는 종섭보다 더 재수 없는 비웃음을 날리며 이렇게 말했다.

"전 상반기 가장 많은 물건을 파느라고 이걸 하지 못했습니다."

그 대답에 곧 두 인턴은 납득으로 고개를 끄덕일 수밖에 없었다.

하지만 민호는 그걸로 끝낼 생각이 아닌지 한마디 더 했다.

"그래서 오늘은 함께 하려고요. 기왕이면 팀 간 대결이

참 좋은데… 저쪽에서 겁먹고 받아줄지는 모르겠습니다."

가끔 종섭은 민호의 승부욕을 부채질하는 습관이 있었다.

그러다가 오히려 말려드는 것은 종섭이 더 많았다.

지금도 민호의 말을 듣고 가만히 있을 수 없었다.

인턴들이 보고 있다. 민호의 도전에 곧바로 발끈하는 종섭.

"겁을 먹다니? 김 대리. 하하. 혹시 못 들었어? 지금 김 대리가 지시 내리는 그 미션… 회사 기록을 세운 게 바로 나라는 거."

"네, 못 들었는데요? 뭐, 들었어도… 제가 안 한 미션에서 일 등 하신 건데… 큰 의미는 두지 않겠습니다."

"……."

종섭은 어이없다는 표정으로 민호를 바라봤다. 도저히 참을 수 없었다.

"좋아. 겁 없이 도전한다 이거지? 그럼 우리 새 규칙을 적용하자."

"뭐든 좋습니다."

"상대에게 팔 물건 골라주기."

"그거 받고, 팔 상대도 골라주기!"

"대신 미성년자는 안된다."

"상식적인 선은 서로 지킵시다!"

일이 점점 커졌다. 옆에서 아영은 철없는 남자들의 내기 같은 미션에 미소를 지었고, 인턴 둘은 미심쩍은 얼굴로 민호를 바라보았다.

"좋아. 승부를 겨루기로 했으니까, 뭘 걸어야 하지 않겠어?"

"큰 건 좀 그렇죠. 진 팀이 이긴 팀에게 술 사주기 어떻습니까?"

결국, 내기가 성립되었다.

곧바로 창고로 들어간 두 팀.

재권은 미소를 지으며 곧바로 한쪽을 향해 걸어갔다.

확실히 경험자가 더 유리할 수밖에 없었다.

어떤 것이 더 팔릴지, 덜 팔릴지 알기 때문에.

반면, 민호는 상대에게 곤란한 물건이 뭐 없나 찾아보느라 시간이 걸렸다.

머리 좋은 그가 생각한 것은 가격은 낮고 수량이 많은 것이다.

하지만 만만한 게 없었다.

그러다가 종섭의 말이 귀에 들려왔다.

"자, 여기. 공구함이야."

"네?"

"이거 신촌에 있는 여자대학에서 여대생들에게 꼭 팔아와. 알았지?"

"……."

당했다는 표정을 짓는 민호. 그러나 눈에 불꽃을 매달면서 질수 없다는 얼굴로 옆에 있는 물건을 들었다.

남자라면 누가 봐도 눈에 딱 보이는 물건!

'여성용 레이스 망사 팬티! 좋아.'

그는 재빨리 그것을 들고 종섭에게 내밀었다.

"이건 남자들에게만 팔아주십시오. 장소는 수도방위사령부 앞입니다."

"헐… 군인들에게만 팔라는 건가?"

"잘 알아들으셨네요."

"흥."

이제 남은 일은 파는 것이 전부였다.

하지만 이 둘은 서로 믿지 못하는 견원지간.

인턴 중 한 명씩 바꿔서 서로 감시하는 것에 동의했다.

혹시나 민호 측에서 남학생에게 물건을 팔 수도 있고, 종섭이 군인이 아닌 여자에게 물건을 팔 수도 있었으니까.

결국, 민호는 연아를 동반했다. 아무래도 여대생들에게는 네모돌이 정환보다는 그녀가 물건을 파는 게 더 나았다.

그렇게 창조영업부 2팀에서 온 인턴 하나와 곧바로 간 여자 대학교.

연아는 공구함을 보며 한숨을 내쉬었다.

"제가 저걸 어떻게 팔아요? 그것도 저런 거에 관심도 없는 여대생이잖아요."

"음…."

민호는 살짝 할 말이 없었다. 그러면서 슬슬 후회가 밀려들었다.

생각해보니 군인에게 속옷을 파는 게 그리 어렵지 않아

보였다. 직업 군인인 경우 아내도 있었고, 휴가 나온 군인은 여자 친구도 있고….

거기다가 가격 부분은 여자들이 남자보다 더 깐깐하게 접근한다.

필요도 없는 공구함을 손절매하면 모를까, 아마도 제값에 팔기는 대단히 어려울 것 같았다.

그래도 포기를 모르는 남자 민호는 과감히 공구함을 들고 정문으로 돌진했다.

그걸 보고 연아가 그를 불렀다.

"대리님! 대리님!"

자기를 부르는 소리에 아랑곳하지 않고 민호는 공구함을 꺼냈다.

"혹시 공구함 필요한 매력적인 여성 분 계십니까? 제가 아주 합리적인 가격에 드리겠습니다."

전형적인 작업 멘트도 저렇게 하지는 않을 것이다.

이제 거의 절망적인 눈이 된 연아.

그런데 곧 그녀는 믿지 못할 광경을 보게 되었다.

갑자기 많은 여자가 민호에게 몰려들었다.

"얼마예요? 저 살게요."

"저도 필요해요. 얼마예요?"

"저도요. 그리고 혹시 전화번호 좀…."

〈4권에서 계속〉